告白予行練習

金曜日のおはよう

原案／HoneyWorks

著／藤谷燈子

20000

角川ビーンズ文庫

[もくじ]

早上好

Good Morning

Bonjour

本文イラスト／ヤマコ

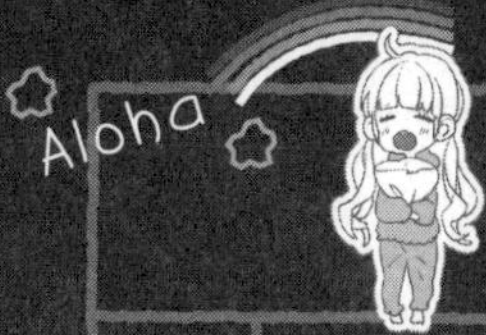
Aloha

Contents

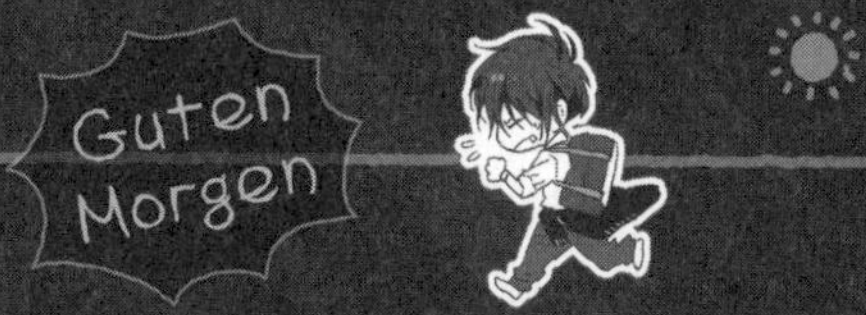
Guten Morgen

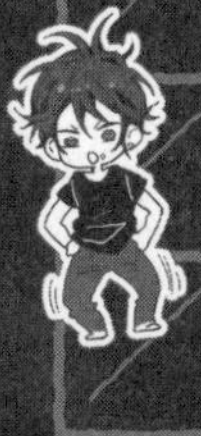

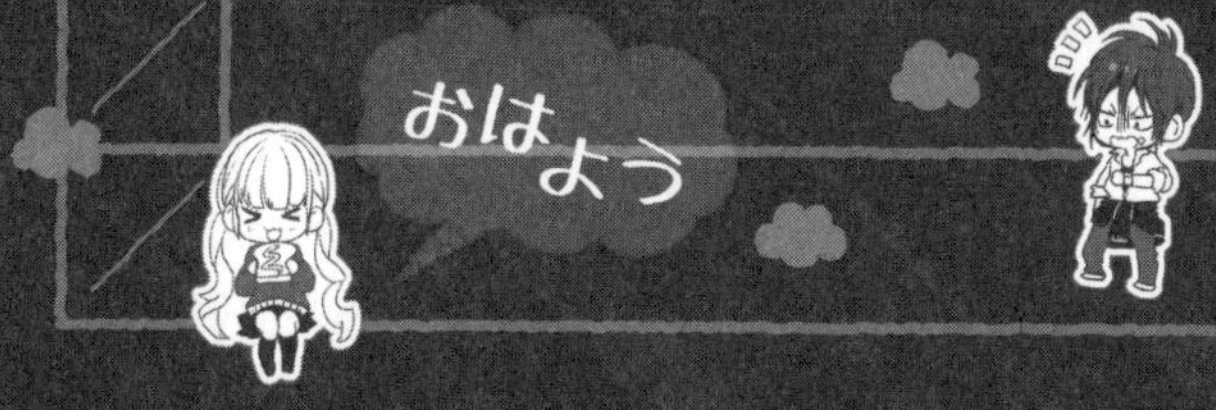
おはよう

★introduction ~イントロ~

《7：00》

週明け、月曜日。

今朝は目覚まし時計のアラームが鳴る前に、ベッドから抜《ぬ》けだした。

念入りに「おはよう」のオーディションをして、髪型《かみがた》もバッチリ決まった。

大丈夫《だいじょうぶ》。今日こそ言える、はず。

《8：00》

二車両目、お気に入りの特等席は空いていたけれど、あえて座らなかった。

彼女が乗ってきたら、すぐに声をかけられるように。

《8：03》

ちらりと腕時計《うでどけい》を確認《かくにん》した途端《とたん》、心臓がバクバクしてきた。

やばい、やっぱ無理かも。
思わず逃げ腰《に　ごし》になりかけたとき、シャランと綺麗《きれい》な音が聞こえた。
手元に視線を落とすと、傘《かさ》の柄《え》で小さな星が揺《ゆ》れていた。
先週の金曜日に、彼女が貸してくれたやつ。
『傘をどうぞ……』
あのとき君は少しはずかしそうに下を向きながら、そう言った。
まともに話したことないやつに話しかけるのって、めちゃくちゃ緊張《きんちょう》すると思う。
そのうえ、傘まで貸してくれるなんて……。
今度は、今度こそ、俺が声をあげる番だ。そうだろう？

《8：07》
電車が駅のホームに入っていく。
乗車位置に並ぶ列の一番前に彼女がいた。
向かいのドアが、開く。
彼女が俺を見つけて、「あっ」と小さくつぶやいた気がした。
動け、俺の足。さしだせ、傘を。

「これ！　ありが、とう」

「う、うん」

「それと、その……」


なさけないな、声が震《ふる》えてる。

けど、ここで逃げたりなんてしない。絶対に。

何度も何度も、バカみたいに練習してきたのは、このときのためだ。

うるさい心臓を抑《おさ》えるように、シャツをにぎりしめる。

深呼吸しろ。

もう一度息を吸ったら、口を開け。

そうして、震えるのどから声をしぼりだすんだ。

せーの！

「おはよう」

きっかけ
シンプルでいいのに
意気地ないな

audition 1 ~オーディション1~

★audition 1 ✦~オーディション1~✦

《7：00》

枕元《まくらもと》で、目覚まし時計のアラームが鳴っている。

濱中翠《はまなかみどり》はのそりと起きあがり、ベッドサイドの時計に手をのばす。

ツッコミを入れる要領でアラームを止め、ボサボサの髪《かみ》を乱暴にかきあげた。

「誰《だれ》や、セットしたやつは……しかもこんな朝早くに、ありえへんやろ……」

ぶつくさ言いながら、枕元に置きっぱなしのスマホを手にとる。

白く丸いホームボタンを押すと、時刻とともに今日の日付が表示された。

「四月七日ぁ？　七日っちゅーたら……ぎゃっ、始業式！」

翠はベッドから転がるようにおり、わたわたと洗面所へ駆《か》けこむ。

のんびりと過ごせた高二の春休みは昨日まで。

今日からは、いよいよ高三だ。


「なんでも最初が肝心《かんじん》っちゅうからな。バシッと髪型も決めていかな!」

気合いを入れ、まずは洗顔からだと勢いよく蛇口《じゃぐち》をひねる。

窓からは、春のやわらかな光が射《さ》しこんでいた。

《8:00》
二車両目、お気に入りの特等席に座る。
端《はし》っこだから手すりにもたれかかれるし、ドアに近いから降りるときも楽なのだ。
高校の最寄《もよ》り駅まで、あと四駅。
翠はあくびをしながら通学鞄《かばん》をひざの上に載《の》せ、そっと目を閉じた。

《8:07》

電車が速度を落としていく。そろそろ次の駅に止まるらしい。

ふっと目を開けると、ちょうど向かいのドアが開くところだった。

一番前には、いつもの女子二人組が並んでいた。

腰《こし》まであありそうな金髪《きんぱつ》をふたつ結びにしているのが、成海聖奈《なるみせな》。

となりで笑っている黒髪《くろかみ》ストレートが、早坂《はやさか》あかりだ。


翠と同じく桜丘《さくらがおか》高校の生徒だが、まともに話したことはなかったりする。

あかりは女子と固まっていることが多く、話しかけるのは決まった男子ばかり。彼女と仲のいい榎本夏樹《えのもとなつき》の幼なじみである、瀬戸口優《せとぐちゆう》や芹沢春輝《せりざわはるき》たちだ。

一方の聖奈は人気の読者モデルで、そもそもあまり校内で見かけなかった。

(ほーん、さすがに始業式には顔をだすんか)


ふたりはこちらに背を向けるようにして、正面の吊《つ》り革《かわ》につかまっている。

だが時折、たのしそうに笑いあう横顔が見え、翠は「テレビのまんまや」とつぶやく。

中学生のときに街中で雑誌のスタッフに声をかけられたという聖奈は、その後、階段を駆け上るように一気に有名人になったらしい。

（そういや今朝も、ハニワ堂のプリンのCM流れとったな）


「ねえねえ。あそこにいるのって、聖奈ちゃんだよね」

「えっ、あの『Ｈｏｎｅｙ』の読モの？」

「絶対そうだよ。すごーい、同じ路線使ってるんだ」

「実物やばいね。顔小さいし、足も細くて長いし……うらやましいなあ」


となりに座るセーラー服の女子高生たちが、ひそひそと話す声が聞こえてくる。

ボリュームは抑え気味だったけれど、まさかの遭遇《そうぐう》に興奮しているのが伝わってきた。

制服が真新しいのを見ると、きっとどこかの新入生だろう。

（そういえば一昨年《おととし》も、去年のいまごろも、あっちこっちざわついとったなあ）


かくいう翠も、はじめて聖奈に会ったときはテンションが上がった。

あれは二年前、高校の入学式が終わった直後のことだ。

体育館から教室へ移動するように言われたのに、なかなか列が動かなかった。不思議に思って背伸《せの》びすると、なぜか出入り口が詰《つ》まっているのが見えた。

『何、有名人でもいるの？』
『一組に成海聖奈ちゃんがいるんだって！』
『ウソ、ホントに？　一緒《いっしょ》に写真撮《と》りたーい』
『私、サインほしいかも』

近くにいた女子たちのはしゃぐ声に、翠は驚《おどろ》きを隠《かく》せなかった。
東京の高校には芸能人がおるんか！
その衝撃《しょうげき》といったら、ハンパなかった。
もちろん、中学卒業まで住んでいた大阪にだって、読者モデルはわんさかいたはずだ。
たぶん翠が知らなかっただけで。
ともかく、遠目にも聖奈のオーラはすさまじかった。
キラキラと星のように輝《かがや》くから「スター」と呼ぶのだと、納得《なっとく》してしまうくらいに。
(今年の新入生も、ピーチクパーチクうるさいんやろなあ)
もっとも翠が知る限り、聖奈をめぐって大きな騒動《そうどう》になったケースは一度もない。

当の本人が、上手《うま》いことその場を納めているからだろう。
(いくら人気商売っていったって、ファンサービスも大変やな)
そんな翠の心の声が聞こえたのだろうか。
何かに気づいたように、聖奈がこちらをふり返った。
「!」
突然《とつぜん》のことに、翠は息をのむ。
不意打ちすぎて、きっと目は大きく見開かれているに違《ちが》いない。
(や、やってもうたあああ!)
慌《あわ》てて視線を外したけれど、それはそれで逆効果だっただろうか。
聖奈にしてみれば、目があった途端《とたん》、勢いよく顔をそらされたことになる。
感じの悪いやつだと、そう思われてもおかしくない状況《じょうきょう》だ。
(っても、ここでフォロー入れたりしたら、ますます変に思われるんちゃう⁉)
翠は内心、頭を抱《かか》えながら、ちらりと聖奈の様子をうかがった。
すると彼女はすでにこちらに背を向け、あかりと話すのに夢中になっていた。

（セーフ？　セーフなんかな、これ……）

気まずさは残るものの、あまりじっと見つめていては、またいつ聖奈がふり向かないとも限らない。目があいながら二度も視線をそらすなんて、さすがにやったらダメだろう。

電車に揺《ゆ》られながら、翠はまぶたを閉じる。

（これで同じクラスになったら笑えるわー、なんてな）

✦✦✦★☆★✦✦✦

約二週間ぶりの高校には、朝からにぎやかな声が響《ひび》いていた。

とくにクラス替《が》え表が貼《は》りだされた掲示板《けいじばん》の前は、ひときわ盛り上がっている。

そのなかになじみのある後ろ姿を見つけ、翠は背中をぽんっと叩《たた》く。

「春輝！　何組やった？　もう名前見つけたんか？」

「おー……」

「なんやねん、朝っぱらからテンション低いなあ。まーた徹夜《てつや》したんか」

「ん？　あー、まあ、うん」

いやだから、どっちやねんて。

翠がツッコミを入れようとした瞬間《しゅんかん》、春輝が「ふあぁ」と気の抜《ぬ》けたあくびをする。

徹夜かどうかはともかく、寝不足《ねぶそく》なのはたしかなようだ。

（どうせ映画のＤＶＤ観《み》とったり、新作の構想でも練ったりしてたんやろ）

春輝は観るだけでなく、自分でも撮るタイプの「映画バカ」だ。

幼なじみの優や望月蒼太《もちづきそうた》と映画研究部を立ち上げ、毎年文化祭で作品を上映している。

そのうえ個人でも映画を撮っていて、インターネットで公開したり、各種コンクールに応募《おうぼ》しては賞をかっさらったりしているらしい。

翠も何本か観たことがあるのだが、そのことを本人に伝えたことはなかった。

（褒《ほ》め言葉しかでてこんし、そんなんこっぱずかしくて言えんわ）

翠は首の後ろをかきながら、表から自分の名前を探す。

思わず「おっ」と声がもれたのは、同じクラスに春輝の名前も並んでいたからだ。

「やったな、一緒のクラスやん！」

「いや、別々だろ」

「はあ？　俺とおまえ、一組やん」

よく見てみろと表を指さすと、春輝があっけにとられたような表情になった。

目を丸くし、ぽかんと口を開けて、まるでコントみたいだ。

おまけに赤い顔で「違う、いまのなし」などとつぶやく様子に、翠はピンとくる。

これはもしかして、もしかするのではないだろうか。


「ははーん、読めたで。誰《だれ》かとクラスが違《ちご》うて落ちこんどったんやろ？」

「……まさか。ガキじゃないんだし」

「あー、優ともちたは二組やったんか。残念やったな」

翠はからかい半分、励《はげ》まし半分で背中を叩く。

だが勢いがつきすぎたらしく、春輝はその場でよろけ、じろりとにらんでくる。

「おまえなあ、ひとの話を聞けって」

「けど一組と二組なら、体育は一緒やん。よかったな」

「だーかーらー、俺は別に優たちとクラスが分かれたからって落ちこんでないっての！」

「いやいやいや、そないムキになるとか怪《あや》しいやろ」

「勝手に言ってろ」

ふいっと顔をそらした春輝は、立ち去るでもなく無言でクラス表を見上げている。

（なんや、やっぱ気にしとるんかい……）

翠は苦笑《くしょう》しながら、同じように表を見上げる。

二組には優と蒼太だけでなく、夏樹たち女子も固まっていた。

（おーおー、合田《あいだ》と早坂もおるやん）

合田美桜《みおう》は、夏樹とあかりと同じ美術部だ。

本人はおとなしそうな性格であまり目立たないけれど、やたら絵が上手いらしく、あかりとふたりで何かと表彰《ひょうしょう》されている。校内に彼女たちの作品が飾《かざ》られることも少なくなく、聖奈とはまた違った意味で有名人だ。

ムダにコミュニケーション能力の高い春輝と、人見知りの美桜。

まるで正反対にも思えるふたりだが気があうらしく、たのしそうに話しこんだり、一緒に帰っていくのを何度となく見かけている。
そのうち、芹沢春輝と合田美桜で「春カップル」と呼ばれるようになった。
けれどそんなふうに盛り上がっているのは、周りだけだ。
いつまで経《た》っても、本人たちはつきあっていると明言しない。
(少なくとも春輝のほうは意識しとると思うんやけどなあ)

『春輝ぃ、合田といい雰囲気《ふんいき》やん』
『そうか？　別にふつうだろ』

あれは高二のときだ。
体育の授業で得点係をしながら、翠はふたりの関係に探《さぐ》りを入れたことがある。
春輝はとくに動揺《どうよう》することもなく、ただ小さく笑っただけだった。
あの空気が「ふつう」とか、それもうつきあってるやろ！
そう言い返してやりたかったが、実際には押し黙《だま》るしかなかった。
美桜がいるテニスコートを見つめる春輝の瞳《ひとみ》が、キラキラと輝《かがや》いていたからだ。

（ん？　もしかして、春輝が落ちこんどったのって……）

優や蒼太たち幼なじみとクラスが分かれたことが原因ではないのかもしれない。

それこそ春輝本人が言うように「ガキじゃない」のだから。

だが、気になる女子と同じクラスになれなかったことに凹《へこ》んでいたとしたらどうだろう。

それなら充分《じゅうぶん》ありえる話だ。

（ま、部外者の俺が、やいのやいの言うことじゃないな）


かくいう翠自身、これまで誰かに告白した経験はない。

小学生のときは、仲間と遊ぶのに夢中だった。

中学生になって気になる子ができたものの、もっと夢中になるものに出会ってしまった。

ギターだ。

物置で発見したそれは、父が学生のころに使っていたものだった。

翠はその日から時間を忘れて練習に励んだ。はじめは満足にコードを押さえることすらできなくて、指がつりそうになっていたのも、いまではいい思い出だ。

（それでも高校に入ったら、自然に彼女とかできるやろ！　って思っとったけど……）

少なくとも翠に関しては、何も起こらなかった。

毎朝、電車のなかで、なんとなく探してしまう後ろ姿はあったけれど。

「あーっ！　見て見て、同じクラスだよ」

背後から、底抜《そこぬ》けに明るい声が聞こえてきた。

ちらりとふりかえると、案の定、夏樹がクラス替《が》え表を指さしていた。

となりには、あたりまえのように優が立っている。

（いまの、夏樹か？）

「やったね、優！」

「……なつきは俺と同じクラスだと、うれしいんだ？」

（い、いまの、どういう意味やねん！）

優としては、見たまま、思ったままを言ったのかもしれない。

だが聞きようによってはドキリとする内容で、居合わせた翠のほうが緊張《きんちょう》してしまう。

実際に質問された夏樹はといえば、ぽかんとした顔で優を見上げていた。

「？　そりゃそうだよ」

「えっ」

あっさりとうなずかれ、優が言葉を失う。

対する夏樹は腰《こし》に手をあて、なぜか得意げな顔で言った。

「同じクラスなら授業の進み具合も一緒《いっしょ》だし、課題だって見せてもらえるじゃん！」

そのとき、ぴしりと音を立てて空気が凍《こお》った気がした。

翠は怖《こわ》いもの見たさで、優の様子をうかがう。

空気を凍らせた張本人は、なんともいえない笑顔《えがお》のまま固まっていた。

「……ああ、そういう……」

「うん！　これでテストも怖くないし、部活がんばるぞー」

「「優、どんまい」」

打ち合わせたわけでもないのに、翠と春輝の声が重なった。

おまけに同じタイミングで優の肩《かた》を叩《たた》いていた。

「ほっとけ」

「あ、春輝！　翠くんも！　おはよう」

苦々しげな表情でつぶやいた優とは違《ちが》い、夏樹は相変わらず笑顔を見せている。

翠と春輝も笑って応《こた》えつつ、左右から優の顔をのぞきこむ。


「優、夏樹になんて言ってほしかったん？　なあ？」

「はい？　なんのお話ですか？」

すっとぼけた返事をする優に、春輝がやれやれと言わんばかりに肩をすくめる。

「つか、いまのは質問した時点で優の負けだからな？」

「そうかあ？」

つい翠が聞き返してしまったが、優も不思議そうな表情を浮《う》かべている。

春輝はわざとらしく咳払《せきばら》いをすると、やけにいい声で言った。

「俺もおまえと同じクラスになれてうれしいよ、でよくね？」

「うまい！　座布団《ざぶとん》、一枚！」

「ホントすごいよ、春輝！　いつのまに優のモノマネうまくなったの？」

「なつき、それ違うから……」

優はげんなりした顔で、もごもごとつぶやく。

おそらく夏樹には聞こえていないだろうが、それはそれでいいのかもしれない。

何が違うのか、詳《くわ》しく説明してダメージを受けるのは、優本人だ。


(そういや、ここのふたりもつきあってないって言っとったな)

翠はてっきり、周囲にからかわれないようにそういう「設定」にしているのだとばかり思っていたのだが、信じられないことに「事実」なのだという。

あんなに仲のいい様子を見せているのに、だ。

(せやけど、優からはあきらかに矢印でとるんちゃうかな、あれ……)


「……うれしいのは、私だけだったのかな」

小さな、小さな声だった。

ハッとした翠は、弾《はじ》かれたように夏樹を見やる。

しかし夏樹はすでにうつむいていて、表情をうかがうことができなかった。

（なんや、やっぱり夏樹も優のこと……）


「ところでさ！　担任は誰《だれ》になると思う？　そのまま持ち上がりかな？」

話題を変えたのは、意外にも夏樹だった。

ぱっと顔を上げ、たのしそうに目をキラキラと輝《かがや》かせている。

「俺は、咲兄《さくにい》以外なら誰でもいい」

ひとしきり優をからかって満足したのか、すかさず春輝が口を開いた。

「ははっ、絶対そう言うと思った」

「ほんと素直《すなお》じゃないんだから―」

春輝の答えはお見通しだったのか、優も夏樹もしたり顔だ。

（さっすが幼なじみ。お互《たが》い、手の内が見え見えやな）

そういえば古典担当の明智《あけち》咲も、春輝にとっては幼なじみに近い存在だという。

兄の友人で、よく家に遊びに来ていたらしい。

それもあって春輝は「明智先生」ではなく「咲兄」と呼んでいる。

ひとりっこの翠には、少しうらやましい話だった。


「……い、おーい」

「わっ！　な、なんやあ!?」


急に肩を揺《ゆ》すられたかと思うと、目の前に春輝の顔が迫《せま》っていた。

反射的にのけぞった翠に、優と夏樹がどっと笑った。

「翠くん、驚《おどろ》きすぎ！　そんなにぼーっとしてたんだ？」

「さてはまた、朝まで好きなバンドのライブＤＶＤでも観《み》てたな？」

「……春輝と一緒にすな、アホ」

半分図星だった翠は、話題をそらすように春輝を親指でさした。

名前をだされた春輝はといえば、どうでもよさそうにあくびをしている。

「たしかに春輝、休み明けはぼーっとしてること多いよね」

「下手したら、昼夜逆転してるしな」

「そんなんやから、眠気《ねむけ》にひっぱられて目が垂れるんや」

「言われてみれば……」

翠の指摘《してき》に、優と夏樹がじっと春輝の顔を観察しはじめる。

するとさすがに春輝も視線に気がついたらしく、居心地《いごこち》が悪そうな顔になった。

「なんだよ、ひとの顔じろじろ見んなって」

「ほら、やっぱり話聞いてない！」

思わずといったふうに叫《さけ》んだ夏樹に、翠は優と顔を見あわせて笑う。

春輝だけは状況《じょうきょう》がのみこめずに首をかしげていて、それでますます腹がよじれた。

「おまえら笑いすぎ。翠なんか涙目《なみだめ》になってるし……」

「し、仕方ないやん！　いまのは春輝のリアクションが悪いっ」

翠はひーひー言いながら、肩からずり落ちた鞄《かばん》を担《かつ》ぎ直す。

一度ツボにはまってしまうと、笑いを治めるのが大変な性質《たち》なのだ。

結局、昇降口《しょうこうぐち》で上履《うわば》きにはきかえても落ちつかず、翠はしんどい思いをしながら、教室までの階段をのぼることになるのだった。

続くときは続くものらしい。

始業式を終え、再び教室に戻《もど》ってきてからも、翠は笑いっぱなしだった。

原因はさっきと同じ、春輝だ。

というより、クラス替え表《がえひょう》の前での会話が壮大《そうだい》な前フリだったらしい。

「翠、いい加減しつこい」

「しゃーないやん。あんなきれいにオチがつくこと、めったにないし」

「いや、理由になってないから。ったく、いつまで笑ってんだよ」

「堪忍《かんにん》な、春輝」

「謝りながら笑うなっての」

何を言ってもムダだと思ったのか、春輝がため息をつく。

翠としても笑いをひっこめたいのだが、なかなかどうして難しかった。

さかのぼること、数十分前。

始業式の終盤《しゅうばん》に、お待ちかねのクラス担任が発表された。

春輝の「咲兄以外なら誰でもいい」という言葉は、どうやらフラグだったらしい。

翠たちが並ぶ三年一組の列の前に、明智が立ったのだ。

その瞬間《しゅんかん》、春輝の「げっ！」という声が体育館に響《ひび》き渡《わた》った。

あとはもう、お決まりのコースだ。

壇上《だんじょう》の校長からマイク越《ご》しに「芹沢くん、静かに」と名指しで言われるわ、明智からも「思わず叫んじゃうくらいうれしかったのかー」とからかわれるわ、春輝は散々だっただろう。

「にしても、そないに嫌《いや》がらんでもええやん。別に明智せんせーとは仲悪くないやろ」

「……部活の顧問《こもん》も咲兄なんだよ」

「せやな。ほんで？」

「担任になったら、ますます顔をあわせる時間が増えるだろ」

「からかわれる時間も増えて、春輝にとっては分が悪い！　っちゅーわけか」

春輝から返事はなかったが、眉間《みけん》に思い切りしわが寄っている。

きっと図星だったのだろう。

なおも続けようと翠が口を開くと、「あの……」と遠慮《えんりょ》がちな声が聞こえてきた。

誰だろうと顔を上げ、目の前の光景に固まった。


「ごめん、ちょっといいかな？」

「お、成海じゃん。そっか、同じクラスなんだよな」

「うん。またよろしくね」


春輝の言葉に、聖奈がにこっと笑い返す。

自分が笑いかけられたわけでもないのに、どきっと鼓動《こどう》が跳《は》ねるのがわかった。

(あかん！　近くでみると、ますます……ますます、なんやねん！)

自分で自分にツッコミを入れながら、翠は慌《あわ》てて視線を落とす。

すると聖奈の手に、見慣れたジャケットのCDがにぎられていることに気づいた。

間違《まちが》いない、翠がずっと追いかけているバンドの1stアルバムだ。

弾かれるように顔を上げると、ちょうど聖奈が春輝にCDを手渡《てわた》すところだった。

「それとこれ、ありがとう。芹沢のオススメは、相変わらずハズレなしだね」

「だろ？　あ、休みの間に次のアルバムもでたんだけど……」

「それなら昨夜《ゆうべ》、ネットで注文しちゃった」

「マジか！　おまえ、ハマると一直線だよなあ」


（そんなんいうたら俺だって、初回限定版予約しとったし）

はりあったって意味がないのに、ついそんなことを思ってしまう。

むしろ好きなバンドの話をしているのだから、自分から会話にまざればいいだけだ。

頭ではそうわかっているのだが、なぜか声がでなかった。


「HRはじめるぞ」

迷っている間に教室のドアがガタンと揺れ、廊下《ろうか》から明智が顔をのぞかせた。

始業式では遠慮したようだが、すでに白衣を羽織っている。

「ほらほら、自分の席に戻れよー」

明智の号令で、聖奈をはじめ、自分の席から離《はな》れていたメンバーが一斉《いっせい》に動きだす。

翠も春輝の前の席から立ち上がり、黒板に書かれた座席表をふり返った。

出席番号順に並んでいて、「は行」の翠は真ん中の列の一番後ろだ。


「あ、やっぱり。今年も後ろの席は翠でスタートかあ」

席に着いた途端《とたん》、去年も同じクラスだった野宮《のみや》がこちらをふり返った。

翠はすかさず彼女に向かって親指を立て、ニッと笑う。

「おう！　プリント、また見したってな」

「絶対言うと思った。別にいいけど、まずは自分で解きなよね」

「へいへーい」


ため息と一緒《いっしょ》にあきれた顔が返ってくるけれど、翠が自力で埋《う》められなかった問題に関しては、詳《くわ》しい解説付きで教えてくれるに違いない。

学級委員も務めていた彼女の面倒見《めんどうみ》の良さは、去年一年でよくわかっている。

これなら苦手な教科もどうにかなりそうだ。

幸先《さいさき》のいいスタートに浮《う》かれながら、翠はとなりの席へと視線を投げた。

（さーて、おとなりさんは……ん？　んん!?）

視界に映った相手が信じられず、思わず凝視《ぎょうし》してしまう。
目をこすり、もう一度確認《かくにん》するが、そこにいる人物は変わらない。
さらに二回、三回と繰《く》り返したけれど、信じられないことに結果は同じだった。
翠のとなりで、背筋をのばして座っているのは——。

（な、ななっ、成海ィ!?）

いや、おかしくはない。
成海の「な行」の次は濱中の「は行」だし、ありえなくはないのだ。
それは翠もわかっているのだが、目の前の光景に頭がついていかなかった。
驚《おどろ》きすぎて声もでないまま、彼女の横顔をただ見つめるだけだ。

「？」

(あっ、やばい……)

この距離《きょり》でじっと見られていれば、嫌でも視線に気づくだろう。

聖奈が不思議そうな顔をこちらに向ける。

それがスローモーションのように見えたのに、翠には首をそらす余裕《よゆう》なんてなかった。

金縛《かなしば》りにあったかのように動けないまま、ばちっと視線がぶつかった。

「…………」

「…………」

目があったのは、ほんの一瞬《いっしゅん》だった。

びくりと肩《かた》を揺《ゆ》らした聖奈が、勢いよく視線を外したからだ。

(いやいやいや、ぷいって！　そないすることないやん！)

自分こそ、電車のなかで勢いよく顔をそらしておきながら、翠はツッコミを入れずにはいられなかった。もちろん声にはださないけれど。

(地味にこたえるわー。俺、そんなに怖《こわ》い顔でもしとったんか……？)

翠はがっくりとうなだれ、机につっぷした。

すると追い討《う》ちをかけるように、明智の声が響《ひび》く。

「黒板が見えないひとは？　いないなら、一学期の間はこれでいくぞー」

これでいく、ということは……。

夏休み前まで、聖奈ととなり同士ということだ。

気まずいどころではなかったが、椅子《いす》を引く音とともに聞こえてきた声にハッとなる。

「やった！　聖奈ちゃんの前、ゲットだ」

「あはは、よろしくね」

前の席の女子に話しかけられ、聖奈がはにかみながらうなずく。

その様子からすると彼女とはまだあまり親しくないのかもしれないが、翠のときとは違い、慌てたように顔をそらすなんてことはなかった。

（さっきも、春輝とはフツーにしゃべっとったしなあ……）

それに引き換《か》え、自分は目もあわせられない状態だ。

アルバムではどの曲がよかったか、ライブには興味があるか。同じバンドのファンとして、聞きたいことも、話したいこともたくさんある。

だが現実は、あいさつすらまともにかわせる気がしなかった。

（おっかしいなー。なんで成海にだけ、こないに緊張《きんちょう》するんや？）

内心首をひねるが、心当たりはない。

蒼太などには「コミュ力お化け」と言われる翠だったが、なぜか聖奈を前にするときだけ、どうにもこうにも勝手が違うのだ。

「……というわけで、明日《あした》は入学式のあと対面式もあるから遅刻《ちこく》するなよ」

考えごとをしている間にも、明智の話が進んでいたらしい。

黒板をコツコツとチョークが走る音に気づき、翠は慌《あわ》てて顔を上げる。

さっきまで笑い声をあげていたクラスメイトたちも、いまはおとなしく口を閉じ、そろって前を向いていた。

「連絡事項《れんらくじこう》は以上。質問は？」

明智は黒板に背を向け、教室を見回しながら言う。

少し待っても、手が挙がる気配はなかった。

すると先生は「ないなら、最後にこれだけ」と、急に真面目《まじめ》な顔になった。

「昔のひとは言いました。光陰《こういん》矢の如《ごと》し、時は金なり。きみたちが思っている以上に、高校生活最後の一年は短いと思う。悔《く》いのないように過ごしてください」

格言を引用する、いつもの明智節だった。

棒つきのアメちゃんで白衣のポケットをふくらませ、サンダルをぱたんぱたんと鳴らしながら歩く姿からは想像しにくいが、ときどき思いだしたように教師らしいことを言うのだ。

もっとも、このキリッとした状態はそう長くもたないらしい。

いまもあっというまに明智の眉《まゆ》が下がり、ふだん通りの気の抜《ぬ》けたような口調で「まあそういうわけだから」と続けた。

「卒業までに、たくさん青春してくださいな」

「咲兄、コーヒーこぼしただろ」


明智の声にかぶせるように、春輝が口を開いた。

あんまりなタイミングだったし、内容も脈絡《みゃくらく》がなく、教室がしんと静まり返る。

翠も何も言えず、ぽかんと春輝を見つめてしまう。

当の明智は片眉を軽く持ち上げ、「こら」と苦い声で言う。


「先生と呼びなさい、芹沢」

「そんなの見せられて、呼べるかっての。ほら、ポケットのとこ！」

「……いや、うん、先生知ってたから」

「は？」

「こういう抜けたところもあると、かわいくない？」

「はあ？　寝言《ねごと》は寝て言え！」


明智と春輝のやりとりに、どっとクラスがわいた。

クラス替《が》え初日にして、なかなかいい空気だ。

かくいう翠も笑いのツボを押され、盛大にふきだしていた。

(なんや、このクラスなら一年間たのしくやっていけそうやん)

右隣《みぎどなり》から聞こえてくる控《ひか》えめな笑い声に耳をかたむけながら、そんなことを思った。

聖奈とも、明日になったら意外と簡単に「おはよう」とあいさつしているかもしれない。

それどころか、好きなバンドの話で盛り上がっている可能性だってある。

(……だったら、ええなあ)

窓から滑《すべ》りこんだ風が、ふわりとカーテンを揺らす。

東京に来て三年目の春がはじまろうとしていた。

金曜日だ
今日もいるかな？
ちょっと気になってるかもね

audition 2 ～オーディション2～

★audition 2

✦～オーディション2～✦

濱中翠とはじめて会ったのは、高校の入学式に向かう電車のなかだ。

聖奈は中学時代からの友人のあかりと待ち合わせして、八時七分の電車に乗った。

二車両目、ドア付近の席に座り、通学鞄《かばん》を抱《かか》えて眠《ねむ》っていたのが翠だ。

たまたま目の前に立った聖奈は、ついじっと見てしまった。

春のおだやかな気候のせいか、それとも単に睡眠《すいみん》不足だったのか、彼の寝顔があまりにも気持ちよさそうだったからだ。


『なんで俺のだけ……やねん……』


電車がカーブを曲がりはじめたとき、翠が何事かつぶやいた。

もごもごとした発音だったし、目を閉じていたから、きっと寝言なのだろう。

ちらっと聞こえた限り、関西弁のようだった。

『せやから、なんで俺のタコだけちっこいねん』

夢のなかで会話は続いているらしく、今度ははっきりと聞こえてきた。

その後も「おとんだけズルいやろー」などというつぶやきから、どうやらタコ焼きの中身をめぐって父親とケンカをしているらしいとわかった。


なんだか、かわいいな。

そう思ったら、つい笑ってしまっていた。

となりに立っているあかりにも聞こえたらしく、目で「どうかした？」とたずねられる。

なんでもないよと首を横にふると、また翠がつぶやいた。


『それ、ええなー』


夢のなかでいいことがあったらしく、満足そうな笑み《え》を浮《う》かべていた。

そんな彼の笑顔を見た途端《とたん》、とくんと鼓動《こどう》が鳴った気がした。

あれが、一度目。
二度目は、そのあとすぐにやってきた。
入学式が行われる体育館に、翠の姿があったのだ。

着ている制服が真新しく見えたから、もしかしたらとは思っていた。
それが実際に同じ高校の新入生だったことに驚《おどろ》きつつ、聖奈は彼を目で追った。
翠はとなりのクラスの列に座り、きりりとした顔で壇上《だんじょう》を見つめている。

とくん、とくん。
今度ははっきりと、鼓動が鳴ったのがわかった。

やがて、ぱちぱちと炭酸が弾《はじ》けるような感覚が広がって、胸が苦しくなってきた。
それでも視線をそらせないし、ずっと見ていたかった。
どうしてだろう、何が起きているんだろう。
式の間中、聖奈はぼうっとした頭でそんなことを考えていた。

それから何度も何度も、翠を見るたびに聖奈の鼓動が鳴った。
クラスも違《ちが》うし、話しかけることはなかったけれど、気がつくと目が追いかけていた。
なんというか彼は存在感があるのだ。

関西弁を話し、声が大きい。
運動が得意で、体育の授業中はいつも活躍《かつやく》している。
自分をしっかりと持っていて、相手が先輩《せんぱい》でも先生でも、きっぱりと意見を言う。
そして、ひとりでいることが多かった。
目立つ分、良くも悪くも周囲から浮いていたのだと思う。

そんな彼が、夏休み前には印象がガラリと変わったのを覚えている。
同じクラスの春輝と一緒《いっしょ》にいるところをよく見かけるようになったからだ。
ふたりは気があうらしく、たのしそうに話している。
翠は笑顔が増え、自然とほかのクラスメイトたちも周りに集まるようになっていった。

中学まで大阪に住んでいたこと。
高校入学前に、親の転勤でこちらに引っ越《こ》してきたこと。
朝はいつも、八時七分の電車の二車両目に乗っていること。

少しずつ翠のことを知るたび、なんだかうれしくなった。
同時に、もっともっと彼のことが知りたくなった。
どうしてそう思うのか、相変わらず理由はわからなかったけれど。
ただたしかなのは、聖奈にとって翠は「ちょっと気になるひと」だということだ。

けれど昨日、とうとう気がついてしまった。
翠を目で追いかけ、彼のことをもっと知りたいと思うのはなぜか。
姿を見かけるたびに、声を聞くたびに、鼓動がとくんと鳴るのはどうしてか。
その「理由」に。

《6：30》

ピピピ、と電子音が鳴り響《ひび》いている。

聖奈は重たいまぶたをこじ開け、ブランケットからもぞりと手を伸《の》ばした。

目覚まし時計のアラームを止めたものの、いつものようにすぐにベッドから降りることはできなかった。体のあちこちが、睡眠不足なのだと訴《うった》えてくる。

（あと五分……五分だけなら、いいよね……）

パンダとシロクマのぬいぐるみを抱《だ》き寄せ、二度寝《にどね》しようと目を閉じる。

すると今度は、枕元《まくらもと》でスマホのアラームが鳴りはじめた。

なぜ今日に限って、わざわざふたつも目覚ましをセットしておいたのだろう。

昨日の自分を不思議に思いながら、聖奈はスマホを手にとった。

カレンダーアプリを設定していたらしく、画面には「対面式」の文字が浮かんでいた。

「わっ、もう起きて支度《したく》はじめなきゃ！」

ガバッと勢いよく起き上がり、ブランケットをはねのける。

部活も委員会も入っていない聖奈は、行事ぐらいでしか下級生との接点がない。自己満足ではあるけれど、こういう日は、いつも以上にきちんとしておきたかった。

（それに、せっかく濱中くんと同じクラスになれたんだし……）

これまではきっかけがつかめずに、ずっと見ているだけだったけれど。

いまはクラスメイトだし、席もとなり同士だ。

昨日はびっくりしすぎて声をかけられなかったから、今日こそはと決めていた。


「がんばろう、私」


そう自分に言い聞かせ、聖奈は部屋のドアを開ける。

まずは顔を洗って、しっかりごはんを食べて、いつもよりブローの時間を長くしよう。

少しでも勇気と自信がほしかった。

《7：40》

玄関《げんかん》の鏡の前に立ち、頭から爪先《つまさき》へとゆっくり視線を落としていく。

スカートと紺ソ《靴下》のバランス、よし。

髪型《かみがた》もバッチリOK。

今度は鏡に背を向け、くるりとふり返る。

とくにおかしなところは見当たらない。これなら大丈夫《だいじょうぶ》そうだ。

最後に笑顔《えがお》のチェックをして、ドラマのオーディションの台本が入った鞄《かばん》を肩《かた》にかけた。

《8：00》

改札を通って階段をのぼり、二番ホームの二車両目を目指す。

いつもの待ち合わせ場所で、あかりがにっこりと手をふってくれていた。

「おはよう、聖奈」

「あかり、おふぁよう」

聖奈も「おはよう」と返すつもりが、タイミング悪くあくびが重なってしまった。

慌《あわ》てて口を塞《ふさ》いだけれど、当然あかりの耳にもしっかりと届いていて、くすくすと控《ひか》えめな笑い声が聞こえてくる。

「あくびなんて、めずらしいね。昨日は寝《ね》るの遅《おそ》かったの？」

「う、うん、本が読み終わらなくて」

周りの人たちもみんな、まだ眠《ねむ》そうだ。

聖奈は今度こそあくびを噛《か》みしめて、電車がくるのを待った。

《8：07》

あかりと話していると、あっというまに時間が過ぎていく。

アナウンスが流れ、ホームに電車が入ってきた。

二車両目はエレベーターからも階段からも遠いこともあり、朝の通勤通学ラッシュ時、この駅ではほとんどひとが降りてこない。

今朝もドアの前には誰《だれ》も立っておらず、聖奈は電車に乗りこみながら翠の姿を探した。

いた。
半ば翠の定位置になっている、向かいの席の端《はし》に座っていた。
うれしくて頬《ほお》がゆるんだ瞬間《しゅんかん》、ぱちりと目があった。
でもそれはほんの一瞬で、翠はふっと顔を伏《ふ》せてしまう。

いつもこうだ。
翠にしてみれば、きっと無意識の行動に違《ちが》いない。
ドアが開いてひとが乗ってきたから、ついそちらを見てしまったというような。
見覚えのある顔が乗ってくれば、なおさらだろう。
けれど、今朝は「続き」があった。

(濱中くん、こっちを見て、る……?)
ふだんの翠なら、そのまま目を閉じてまた眠ってしまうはずだった。
それがいまは口を開けて、再びこちらを見上げている。

「…………」

「…………」

昨日、電車のなかで、そして始業式のあと教室で目があったときと同じだ。

言葉にはしないけれど、きっとお互《たが》いに気づいている。

(あいさつしたら、変かな……)

意識した途端《とたん》、顔が熱くなってきた。

きっかけはシンプルでいいのに、タイミングがつかめなくて声が出ない。

「聖奈」

「!」

ふいに肩を叩《たた》かれ、聖奈は驚《おどろ》きとともにふりかえる。

背後ではあかりがにこにこと笑いながら、内緒話《ないしょばなし》をするように「こっち、空いてるみたいだ

よ」とささやき声で教えてくれた。

「あっ、ありがとう……」

「どういたしまして。今朝も混《こ》んでるね」

聖奈は小さくうなずき返し、翠に背を向け、あかりのとなりの吊《つ》り革《かわ》をつかんだ。
その一瞬の間に、翠はもうこちらから視線を外していた。

(濱中くん、何か言いたそうだなって思ったんだけど……)

もしかして翠も、あいさつしようとしてくれていたのだろうか。
そうだったらいいのにな。
心のなかでつぶやいて、聖奈は右手で吊り革をぎゅっとにぎりしめる。

高三になって、同じクラスになって、となりの席になって。
翠との距離《きょり》がぐっと近づいたのに、朝の電車の風景はいつもと変わらなかった。

窓の外では、風にあおられ、葉桜がゆらゆらと揺《ゆ》れていた。

✦ ✦ ✦ ★ ☆ ★ ✦ ✦ ✦

「なあなあ！　春輝んとこは、やっぱ映画流すんか？」

五限目に行われる対面式のため、体育館へと移動をはじめた直後。

ほかのクラスの生徒と入りまじってざわつく廊下《ろうか》に、翠のよく通る声が響《ひび》き渡《わた》った。

（濱中くん、たのしそうだなあ）

ちょうど教室から出たところだった聖奈は、ふたりの背中にそっと視線を送る。

「ああ、部活紹介《しょうかい》で？　一応、予告編っぽく編集したやつ用意したけど……」

「せっこ、せっこいなー！　そんなん反則やろー」

「はあ？　軽音楽部も一曲歌うんだろ」

「却下《きゃっか》されたんやッ」

ひどいやろ、あんまりや。

そう嘆《なげ》きながら、翠が額に手をあて天井《てんじょう》を仰《あお》ぐ。

すると春輝はなんとも言えない表情になり、「いやいやいや」とつぶやいた。

「許可が下りないとか、おまえ、なんの曲を歌うつもりだったんだ?」

「即興《そっきょう》」

「…………は?」

「ステージの上から今年の新入生の顔見るやろ? そんで浮《う》かんだ曲を贈《おく》ったろーっていう、先輩《せんぱい》心やん! 先生らも巻きこんで、感動の嵐《あらし》やで?」

「おまえの頭のなかではな」


テンポのいいふたりの会話に、近くを歩いていた数人がふきだした。

聖奈もそのひとりで、となりにいた同じクラスの野宮と笑いながら顔を見あわせる。

「あのふたり、仲良《い》いよね」

「ねー。私てっきり、翠も芹沢くんの幼なじみ組のメンバーかと思ったもん」

そう言って肩《かた》をすくめる野宮は、彼女が言う「幼なじみ組」とは別の中学校出身だ。

春輝たちと同じ中学の聖奈とも、高校に入って知りあった。

もっといえば、高三で同じクラスになるまでほとんど話したことがなかったのだけれど、昨日の今日でずいぶん打ち解けたように思う。

(野宮さんって、話しやすい雰囲気《ふんいき》なんだよね)

昔から、人見知りしがちな聖奈からすると、お手本にしたいくらいだ。

頭のなかで、昨日耳にした翠と彼女の会話がよみがえる。

去年も同じクラスで、前と後ろという席順だったらしいふたりは、「プリント、また見したってな」「別にいいけど、まずは自分で解きなよね」などと気軽に言いあっていた。

(うらやましいなあ。どうしたら、あんなふうに話せるようになるんだろう……)

いまだあいさつすらかわせないでいる聖奈には、想像もつかない。

「おわっ！　な、なんやあ!?」

「ご、ごめんなさい！」

翠の声と、もうひとりは誰《だれ》だろう。

顔を上げた聖奈の視界に飛びこんできたのは、目を白黒させている翠に、どこか見覚えのあるメガネをかけた男子が、慌《あわ》てた様子で頭を下げている光景だった。

ひとを避《さ》けようとしてふらつき、後ろを歩いていた翠とぶつかってしまったらしい。

(あれって、綾瀬《あやせ》くん……?)


「だ、大丈夫《だいじょうぶ》ですか?」

「ゆきちゃーん、ちゃんと前見て歩かないと危ないじゃーん」

翠が返事をするより先に、別の誰かの声が響いた。

声の主は、ズレたメガネを直す恋雪《こゆき》をふりかえりながら笑っている。

なんだか感じが悪いなと思ったけれど、当の恋雪は苦笑いを浮かべるだけだ。


「こら、綾瀬!」

次の瞬間《しゅんかん》、翠が叫《さけ》んだ。

よく通る声に、周囲が一斉《いっせい》にふりかえる。

その光景を翠の背中越《ご》しに見て、聖奈は思わずびくっと肩を揺らした。

翠本人はといえば気にした様子はなく、腕《うで》を組み、ムスッとした顔で続ける。

「あんなん言わせといて、ええんか？　よおないやろ！」

「ごめんなさい、ごめ……えっ？」

「どう考えても、男に『ちゃん』はないやろ『ちゃん』はー」

「それはおまえの場合だろ。綾瀬本人がいいなら、外野がとやかく言う話じゃないって」

春輝は雰囲気にのまれることなく、こんなときでも冷静だった。

もっともな指摘《してき》に、翠が「それもそうか」とつぶやく。

一方の恋雪は事態がのみこめていないらしく、ぽかんとした顔だ。

「なあ綾瀬、『ゆきちゃん』て本人公認《こうにん》やったんか？」

「いえ！　そういうわけでは、ないんです、けど」

「はっきりせんなー。もし言いにくいんやったら、俺がガツンと抗議《こうぎ》したるで」

翠の申し出に、恋雪がぶんぶんと首を横にふる。

「僕、見た目も女の子みたいだし、仕方ないっていうか……」

「なんや、それ」

今度は翠がぽかんと口を開けた。

そうかと思うと、バンッと音を立てて恋雪の背中を叩《たた》いた。

よろめく恋雪に、にかーっと歯を見せて笑う。

「見た目がどうの言うんやったら、しゃっきりしたらええやん」

「……そう、ですよね……」

ぽつりとつぶやいた恋雪は、さっきまでと少し雰囲気が変わっていた。

翠の勢いに圧倒《あっとう》される様子だったのが、いまは言葉を嚙《か》みしめているように見える。

(濱中くんらしいなあ)

関西弁だからかキツく聞こえることもあるけれど、翠の言葉はどこかあたたかい。

それはきっと、彼がやさしいからだ。

曲がったことが嫌《きら》いで、いつもまっすぐで。

損得なんかきっと考えていない。

たとえ自分が不利になっても、誰かのために怒《おこ》れるひとなのだ。

だからときには、周囲から浮いてしまうこともある。

春輝と仲良くなって、周りと距離《きょり》が縮まっても、それは変わらなかった。

けれど翠は、決して揺《ゆ》るがない。

東京では目立つ関西弁だって、彼にとっては「あたりまえ」で「個性」だという思いがあるから、この二年間、誰に何を言われても貫《つらぬ》き通したのだろう。

そして聖奈は、そんな翠の姿に勇気をもらっていたのだ。

読モをはじめたとき、一緒《いっしょ》になってよろこんでくれるひとがたくさんいた。

しかしその陰《かげ》で「なんか出版社にコネがあるって聞いたよ」とウワサされたり、一部の女子の間で「あの子、性格最悪らしいよ」などと言われたりしていたのも知っている。

「みんな」と「違《ちが》う」。

あいまいな境界線のなかで、息が苦しくなることもある。

それでも、読モを辞《や》めたいと思ったことは一度だってない。

周囲の目を気にして、自分に嘘《うそ》をつきたくなかった。

(私は私らしくいたいし、好きなものは好きって言いたい……!)

本当は翠にだって、この気持ちを伝えたいと思っているのだ。

ただ、勇気が出ないだけで。

(……いつまでも逃《に》げてないで、最初の一歩を踏《ふ》みださなきゃ)

一歩ずつでも前に進んだら、昨日より今日、今日より明日《あした》は距離が縮まっている。

そうして歩き続ければ、いつか手が届く場所までたどりつくはずだ。

明日こそ、おはようって言ってみよう。

ピンとのびた翠の背中を見つめながら、聖奈は心のなかでつぶやく。

勇気がこぼれていかないように、カーディガンのそでのなかでぐっと手をにぎりしめた。

✦ ✦ ✦ ★ ☆ ★ ✦ ✦ ✦

「今年の対面式は、盛り上がったなあ……」

まだにぎやかな声が聞こえてくる体育館をふりかえり、聖奈がつぶやく。

本当はまだ残っていたかったけれど仕方がない。撮影《さつえい》場所に使うお店の都合で、どうしてもこの時間に学校を出なければ間にあわないからだ。

(でも気になってた部活紹介《しょうかい》は最後まで見られたし、よかったよね)

自分たちの学年はイベント好きが多いのか、どの部も例年以上に凝《こ》っていたように思う。

とくに映画の予告編を流した春輝たち映画研究部と、舞台《ぶたい》の上で実際に絵を描《か》いてみせたあかりたち美術部への歓声《かんせい》が大きかった。

きっとどちらも、新入部員が押し寄せるはずだ。

(でも一番は、濱中くんの軽音楽部かな)

即興《そっきょう》で歌うのは事前に却下《きゃっか》されたと言っていたけれど、翠はアコースティックギターを提《さ》げて、スタンドマイクの前に颯爽《さっそう》と現れた。

予告と違う内容に、体育館のあちこちから戸惑《とまど》いの声があがる。

司会進行役の生徒会メンバーも、とっさに制止の声がでてこない様子だった。

曲を披露《ひろう》できるような空気じゃない。

それは舞台上にも伝わっていたはずなのに、翠は気負うことなくギターを弾《ひ》きはじめた。

歌詞は桜丘高校の紹介になっていて、くすりと笑える内容だった。

何より翠のたのしそうな笑顔《えがお》が印象的で、いつのまにか手拍子《てびょうし》が起こっていた。

（一年生もうれしそうだったなあ。あとで先生たちには怒られちゃってたけど）

くすっと笑いがこぼれた瞬間《しゅんかん》、突然《とつぜん》自分の名前を呼ぶ声が聞こえてきた。


「わあああ！　成海さんだーっ」

「えっ？」


（みんなまだ、体育館にいるはずなのに……）

驚《おどろ》きのあまり、聖奈は思わず階段を踏み外しそうになる。

戸惑いつつもふりかえると、どこか見覚えのある女の子が駆《か》け寄ってくるところだった。

「ホンモノですよね⁉　ホンモノだー！」

「あ、あの……」

上履《うわば》きの色は一年生のものだ。

聖奈よりも頭ひとつ分は背が小さく、キラキラと輝《かがや》く瞳《ひとみ》に見上げられる。

「声が大き……お、落ち着いて？」

「ああっ、ごめんなさい！　私、部活紹介の途中《とちゅう》で気分が悪くなっちゃって、さっきまで保健室で休んでて……。ツイてないなって思ってたんですけど、成海さんの後ろ姿を見つけたら全部吹《ふ》っ飛んじゃって！　すごいすごい、会えてうれしいです！」

相づちを打つ隙《すき》もないくらいのスピードだった。

聖奈はたじたじになりながら、相手が呼吸した瞬間を狙《ねら》って口を開く。

「えぇっと、私に用なんだよね？」

改めて確認《かくにん》すると、相手はこくりとうなずく。

興奮からか頬《ほお》が赤くなり、胸のあたりでぎゅっと手をにぎりしめている。

「私、ずっと成海さんに憧《あこが》れてて！」

「えっ……」

「成海さんみたいになりたいって思って、ます」

「あ、ありがとう」

「成海さんが出てるCMチェックしたり、雑誌も全部読んでます！　この前、カットモデルしてましたよね。ヘアアレンジもすっごくかわいくて……あっ」

再開されたマシンガントークが急に止まったかと思うと、彼女が目を瞬《またた》かせた。

「それ、もしかして」

「え？　ああ、このヘアピン……」

彼女の視線の先にあるものに気がつき、聖奈は指先でそっとふれた。

星と月が浮《う》かぶ夜空が、レジンと呼ばれる透明《とうめい》な樹脂《じゅし》のなかに閉じこめられている。ハンドメイドのため、色合いやスワロフスキーの位置などがひとつずつ微妙《びみょう》に違っていて、この空は聖奈だけのものだった。

「撮影で使ってたの」

「やっぱり！　成海さんの私物だったんですね」

「あ、ううん。かわいいねってスタジオで盛り上がってたら、スタイリストさんが持って帰っていいよーって言ってくれたの」

「わかります！　すっごくかわいいですよね」

このヘアピンをつけて撮影した雑誌は、まだ発売されたばかりだ。

写真もあまり大きくなく、ちょっぴり残念だなと思っていたくらいだった。

（でも彼女は気づいてくれた……）

じわじわと、胸の奥から何かがこみあげてくるのがわかる。

「？　成海さん？」

「ちゃんと、見てくれてるんだ……」

「もっ、もちろんです！　私、成海さんのこと大好きなんで！　あっ、デビュー雑誌も持ってます！　それから毎号買ってて、全部とってあるんですよ」

「ええっ」

「ハニワ堂のプリンのＣＭとかも、ほんと好きで！　録画して何度も見てるうちに、セリフ覚えちゃいました。振《ふ》りも完コピです」

「そ、それはさすがにはずかしいかな……」

赤くなっているだろう頬をかく聖奈に、彼女は「そうですか？」と小首をかしげる。

心底不思議そうで、それが余計に気恥《きは》ずかしくて、同時にくすぐったかった。

これまでにも校内や通学路で声をかけられたり、雑誌のイベントで大勢の前に立ったりしたことがあるけれど、ここまで熱心に応援《おうえん》してくれているひとに会うのははじめてかもしれない。

(どこかで会ったことあるかなって思ったけど、私のカン違《ちが》いだったのかも……)

だが目の前の彼女には、やはりどこか見覚えがあるような気がして仕方がなかった。

もしかしたら、中学が同じだったのかもしれない。

学年がふたつ離《はな》れているから、時期が重なるのは一年間だけだし、髪型《かみがた》が違うだけでもだいぶ雰囲気《ふんいき》が変わっているはずだ。

「成海さんは、私と違って女の子にも好かれて……」

「そういえば名前、なんて言うんだっけ」

小さな声に気づかず、聖奈は質問をかぶせてしまっていた。

聞き直そうとしたけれど、彼女から笑顔とともに答えが返ってくる。

「一年一組の高見沢《たかみざわ》アリサです！」

「……アリサちゃん、よろしくね」

「はいっ」

名前を呼ぶと、アリサは花が咲《さ》いたような笑顔になった。

かと思えば、ハッとしたように目を見開き「いきなり呼び止めて、長々としゃべっちゃってすみません！」とぺこりと頭を下げた。

そして手をぶんぶんと大きくふりながら、聖奈を見送ってくれる。

（はじめはびっくりしちゃったけど、話しかけてもらえてよかったな）

この機会を逃《のが》したら、卒業まで一度も言葉をかわさなかったかもしれない。

彼女の名前を知らないままだった可能性だってあった。

そこまで考えて、聖奈ははたと気がついた。

最初に「成海さんだーっ」と叫《さけ》んだアリサの声が、どこか震《ふる》えていたことに。

興奮気味に見えたけれど、実は緊張《きんちょう》していたのだろうか。

少なくとも自分だったらそうだ。アリサが言うように「憧れ」ていて「大好き」なひとを前にしたら、話しかけたりせずに、黙《だま》って言葉をのみこんでいたはずだ。


話しかけて、嫌《いや》な顔をされたら？

うまくしゃべれなくて、よくない印象を持たれてしまったら？

そんなことになるくらいなら、これまで通り遠くから見ていたほうがいい。

傷つきたくなくて、きっとその場から一歩も動かなかった。


(でも、アリサちゃんは違ってた)

勇気をだして、自分から声をかけてくれた。

戸惑《とまど》うばかりで笑顔《えがお》を見せない聖奈にも、一生懸命《いっしょうけんめい》に好きだと伝えてくれた。

最初の一歩を踏《ふ》みだして、近づいてきてくれた。

(……なんだかアリサちゃんに、背中を押してもらっちゃったな)

私もがんばりたい。

一歩を踏みだす勇気は、もう自分のなかにある。

大丈夫《だいじょうぶ》なんだと、自然とそう思えた。

新しい出会いを運んできてくれた春の風が、ふわりと聖奈のスカートを揺《ゆ》らす。

軽くなった足で、体で、マネージャーが待っている駅へと急いだ。

おはよう!!
おはようの
オーディションして
弱虫な自分に勝って

audition 3 ～オーディション3～

★audition 3 ✦~オーディション3~✦

窓の外には、雲ひとつない青空が広がっている。

どうせならGW中も晴れてくれたらよかったのにと思いながら、翠はあくびをもらす。

休みの間に、すっかり昼夜が逆転してしまった。


「やーっと金曜日や……」

「まだ二限目終わったばっかだけどな」

移動教室からの帰り道、となりを歩く春輝が苦笑《くしょう》した。

翠は教科書と筆記用具を持った手を持ち上げ、ぐーっとのびをしながら言う。

「気持ちの問題や、気持ちの！」

「まあな。けど、このあと小テストもあるし、面倒《めんどう》くさいなと思ってさ」

「…………」

「その顔、さては忘れてたな？」

図星だ。

うっと言葉に詰《つ》まる翠に、春輝が「やっぱりな」と肩《かた》をすくめる。

「そんな調子で大丈夫か？　月末には中間テストもあるぞ」

「あー、せやったな」

「ちなみに来週の月曜は、進路ガイダンスな」

「げっ！　まーた進路調査票なんつーけったいなもん、書かされるんか……」

去年、高二のときの苦い記憶《きおく》がよみがえり、翠はたまらず顔をしかめた。

とくに目指している職業などなかったから、正直に「そのときが来たら考える」と書いて提出したところ、その日のうちに当時の担任に呼び出されるハメになったのだ。

「受かるもんなら大学進学」と書き直したが、それも仕方なくだ。

（そもそも将来やりたいことが決まっとるやつとか、おるんか……？）

いや、いた。それもすぐ近くに。

自分で自分にツッコミを入れ、翠はちらりと横目で春輝をうかがう。

春輝が映画を撮《と》るのは趣味《しゅみ》だ。

だがそれは「いまのところ」という但《ただ》し書きがつく。

この先もずっと映画を撮り続けたい、作品をつくりたいと言っていたから、きっとそれを職業にするつもりなのだろう。


「お、成海だ」


「なっ⁉　なな、なんやねん、いきなり！」

驚《おどろ》きすぎて声が裏返ってしまった。

そんな翠を笑いながら、足を止めた春輝が「ほら」と窓の外を指さす。

「登校してきたんだなーと思って」

「！」

翠はバッと窓にはりつき、外をのぞき見る。

聖奈の姿はすぐに見つかった。

いつものようにふたつに結んだ髪《かみ》を揺らし、昇降口《しょうこうぐち》へと消えていく。

翠はその様子を眺《なが》めながらつぶやいた。

「……成海って、体弱かったんやな」

「そうなのか？」

初耳だと言わんばかりの春輝に、翠は戸惑いつつも「やって」と続ける。

「今日みたいに遅《おく》れてきたり、早退したりするやんか」

翠の記憶が正しければ、対面式を途中《とちゅう》で退席した上、二日連続で遅刻《ちこく》してきたはずだ。

その翌週も一度、GW前にも姿が見えないときがあった。

いまにして思えば、高一のときも高二のときも、毎朝電車で会うわけではなかった。

あれは電車の時間がかぶらなかったとか、乗った車両が違《ちが》っていたとかではなく、そもそも彼女が学校に来ていなかったのだろう。

「寝坊《ねぼう》したり、サボってるんやないなら、体調不良なんちゃう？」

「あー、そういう……」

春輝は納得《なっとく》したようにつぶやいたが、すぐに顔の前でひらひらと手をふった。

「違う違う、成海は読モの仕事があるだろ」

「へっ……。読モって学校休まな、あかんのか？」

「まあ、場合によっては。読モの撮影《さつえい》は、基本的に放課後か土日らしいけど……あいつ、ＣＭにでたりとか、ほかにもいろいろやってるじゃん」


そう言って、春輝が指を折り数えだした。

ハニワ堂のプリンをはじめとするＣＭや、ミュージックビデオへの出演。聖奈がプロデュースするつけまつげ、なんてものもあるらしい。

未知の世界だ。

翠は何も言えず、あんぐりと口を開けることしかできなかった。


「俺もそんなに詳《くわ》しく聞いたことないけど、ちゃんとした事務所に所属してて、最近はドラマのオーディションの話なんかも持ってくるって言ってたな」

「ド、ドラマ⁉　そんなんもう、芸能人みたいやん」

「だから芸能人なんだって」

何をいまさらと、あきれた声が返ってくる。

おまけに何を思ったのか、春輝はにやっと笑《え》みを浮《う》かべた。

「つか、そんなに成海のことが気になるなら、本人に聞けばいいだろ」

（できるなら、そうしてるっちゅーねん！）

言い返したくても、声にならなかった。

口にだしてしまえば、春輝は「なんだ、おまえもそう思ってるんじゃん。なのに、なんで話しかけないんだよ？」などと聞いてきそうだ。

（そんなん、俺のほうが知りたいわ）

朝、電車で会っても「おはよう」のひとことが出てこなかった。

教室でとなりの席に座っても、聖奈の横顔を見つめることしかできない。

そのまま四月が過ぎ去り、五月になってしまった。

（くっそー、なんで成海の前でだけこんな緊張《きんちょう》するんやろなー）

一度意識してしまうと、もうだめだった。

それでもなんとか状況《じょうきょう》を変えたくて、翠なりに努力もしていた。

自室で、風呂場《ふろば》で、洗面所で。

鏡の前に立ち、いつか聖奈に最高のあいさつができるようにと特訓する日々だ。

この前なんか、学校の男子トイレで延々「おはよう！」と繰《く》り返し、その場に居合わせた優や恋雪にドン引きされたところだ。


（いつになったら、声かけられるようになるんやろ……）

翠の鞄《かばん》のなかには、例のバンドの新譜《しんぷ》が入れっぱなしになっている。

始業式の日、聖奈も注文したと言っているのを聞いたから、彼女の手元にもあるはずだ。

感想を語りあえたらいいなと思ってずっとスタンバイさせているけれど、いつになったらアルバムの出番がやってくるのだろう。


はじめて聖奈としゃべったのは、卒業式当日だった——。

そんな事態になったら、さすがに翠も笑えない。

笑えないが、このままの調子だとありえない話でもなかった。

（いやいやいや！　どんだけビビってんねん、俺）

「翠、おまえさ……」

「んあ？」


顔を上げると、春輝がなんともいえない表情でこちらを見ていた。

視線で「なんやねん」と問いかけるが、返事はない。

そんなに言いにくいことなのだろうか。

おとなしく待っていると、春輝が何か言いかけたが、すぐにまた口を閉じた。

それを二回繰り返したところで、予鈴《よれい》が鳴った。


「やべ、急がないと次の授業に遅刻するぞ」

「……それ、ホンマに言いたかったこととちゃうやろ」

じとーっと視線を送りながら指摘《してき》してやる。

だが春輝は否定も肯定《こうてい》もせずに、笑うだけだった。

思わせぶりな言動は気になるが、こういうときの春輝に何を言ってもムダだ。

(気長に待っとったら、そのうち話すやろ)


「ま、ええけどな!」

翠は春輝に駆《か》け寄り、持ち上げた足で軽く蹴《け》りを入れた。

すぐに「痛《いて》えよ」と抗議《こうぎ》の声が聞こえてきたが、無視を決めこむことにする。


三限目は、現代文の授業だ。

教室に戻《もど》れば、さきほど登校してきた聖奈が、となりに座っているはずだ。

(どうせまた話しかけられないままなんやろなあ……)


きっかけはシンプルでいいのに、意気地《いくじ》ないな。

頭の片隅《かたすみ》で誰《だれ》かが笑う。

言われるまでもない。

そんなこと、自分が一番よくわかっていた。

結論。

何事も、意識のしすぎはよくない。

◆
◆
◆
★☆★
◆
◆
◆

翠がその答えにたどりついたのは、放課後のチャイムが鳴ったときだった。

予想通りとは口が裂《さ》けても言いたくなかったが、結果だけを見れば、やはり今日も聖奈に声をかけられないまま放課後を迎《むか》えてしまったからだ。

もちろん翠も、ただぼうっと聖奈の横顔を眺《なが》めていたわけではなかった。

「今日、よく晴れとるな」でも「教科書見せてくれへん?」でも、なんでもいい。とにかく何か話しかけよう。あくまでもフツーに、ほかの女子に話しかけるように。

そう自分に言い聞かせたが、かえってよくなかったらしい。

意識しないようにと思うほど余計な力が入り、結果は惨敗《ざんぱい》。今日も今日とて、教室から出ていく聖奈の後ろ姿を見送るしかなかった。

(まあ別に？　そこまで無理して話しかけんでもええんやけど？　ただ、ただなあ……)

むしょうに聖奈と話がしたいと思う自分がいるのも、また事実だった。

単純に気になるのだ、彼女が。

理由も理屈《りくつ》も、まるでわからないけれど。

(気がつくと目で追ってるみたいな現象、あれなんて言うんやっけ？)


「やべえ、翠がまたおもしろい顔してる」

「ギター抱《かか》えて窓際《まどぎわ》でたそがれるとか、また高度なことを……」

「そのうち弾《ひ》き語りはじめるな、あれは」


何やらバンドメンバーの声が聞こえてこなかっただろうか。

いや、おそらく幻聴《げんちょう》だろう。そうに違《ちが》いない。

翠は気にせず、ギターを抱え直す。


「あ、ほら！　やっぱ歌う気だ」

「弾き語りといえば、対面式のやつ聞いてウチに来てくれた一年生たちって、どうしてるんだっけ？　気のせいじゃなければ、最近顔見ないんだけど」

「半分がギター希望でバンド組めなかったうえに、コード覚えらんなくて辞《や》めたっぽい」

「「軽音部あるある」」

三人が声をそろえ、そして一斉《いっせい》に笑いだした。

無視できない大きさになり、翠は舌打ちとともにふりかえる。

「おまえらなあ！　ひとが真面目《まじめ》に悩《なや》んどるっちゅーのに、なんやねんっ」

「悩みぃ？　呼び出し食《く》らってもケロッとしてたくせに？」

バンドで翠と同じくギターを担当している鈴木《すずき》が、きょとんとした顔で言う。

そのとなりで、ドラムの隈《くま》も目を丸くしている。

「翠のことだから、帰りに何食おうか、とか？」

ベースの広道《ひろみち》のひとことに、ふたりがぽんっと手を叩《たた》く。

「「それだ」」

「んなわけあるか！　こうなったら、俺の悩みを弾き語りで聞かせたって……」

「「結構です」」

鈴木と隈に息もぴったりにさえぎられ、翠はガクッと足をすべらせる。

リアクションが大きくなるのは、もはや血だ。

広道はのんきに笑っていたが、何か思いだしたように「ところでさ」とこちらを見た。

「翠、昨日貸してくれるって言ってた雑誌は？　忘れてきた？」

「いや、ちゃーんと持ってきて……昼休みに春輝と読んで、そのまんま机のなかやな」

そういえばそうだった。

聖奈のことが気になりすぎて、うっかりしていたらしい。

「ダメじゃん！　とってきてよ」

「文化祭でやろうって言ってた曲のスコア、あれに載《の》ってるんだろ？」

「うぐっ」

鈴木と隈の言う通りだ。

十一月にある文化祭で何を演奏するか決める際、好きなバンドの曲を推《お》したのは翠だ。

おまけに、本番まで半年近くあるけれど、いまから練習しようと言いだしたのも。

「わかった。いまからとってくるから、戻ってくるまでにチューニング済ましときや」

「「「はいはい」」」

やる気があるのかないのか、ゆるみきった声が返ってくる。

聖奈のことを抜《ぬ》きにしたなら、このまったりとした空気も充分《じゅうぶん》悩みの種だ。

（この四人でステージに立つんも、文化祭が最後やのに……）

翠はこっそりとため息をつき、教室に戻るべくギターを机の上に置いた。

✦ ✦ ✦ ★ ☆ ★ ✦ ✦ ✦

階段を降り、廊下《ろうか》に出ようとしたところで、翠はとっさに足を止めた。

進行方向から、聖奈の声が聞こえてきたからだ。

「すみません、テスト期間はスケジュール空けてあるんですけど……」

「あたりまえです」

（いまの声、明智せんせーか……？）

翠は柱の陰《かげ》に隠《かく》れるようにして、ひょっこりと顔をのぞかせた。

いた、やはり聖奈と明智だ。

教室のドアの前に立ち、一方は神妙《しんみょう》な顔で、もう一方は渋《しぶ》い顔をしていた。

「いまみたいに仕事ばっかり優先しているようだと、あとで大変なのは成海だぞ」

「……はい」

「いや、はいじゃなくて」

明智がこんなふうに渋い声をだすのを、はじめて聞いた気がする。

聖奈もびっくりしたのか、戸惑《とまど》ったように「えっと……」と口ごもった。

「真面目な話、年明けには大学受験だってあるわけじゃない。進学を希望していたけど、どうするんだ？　芸能界にいるし、推薦《すいせん》ならなんとかなるって思ってる？」

言葉の端々《はしばし》から察するに、聖奈は大学進学を希望しているようだ。

どこの大学を目指しているのだろう。

もしかして女子大だったりするのだろうか。

だとしても、都内ならどこかですれ違うとか、合同サークルで会えるかもしれない。

いや、そもそも自分は受かるのか？


そんなことをつらつらと考えてしまい、翠はハッと息をのむ。

(これ、盗《ぬす》み聞きなんちゃう!?)

よろしくない事態だ。出直してきたほうがいいだろう。

ふたりに背を向けた瞬間《しゅんかん》、とんでもない言葉が鼓膜《こまく》を揺《ゆ》らした。

「推薦だって、面接や小論文の練習をしなきゃならない。ただにこにこ笑っているだけじゃ、合格通知はもらえないんだぞ」


いくらなんでも、さすがに言い過ぎやろ。

翠はカッと頭に血が上るのを感じながら、聖奈のもとへと走り出そうとした。

そのとき。

「全部です」

凛《りん》とした聖奈の声が廊下に響《ひび》いた。

わずかに沈黙《ちんもく》が落ち、意味をつかみ損《そこ》ねたのか明智が「え？」とつぶやく。

こちらからは明智の背中しか見えないけれど、ぽかんと口を開けているに違《ちが》いない。

聖奈はといえば、まっすぐに明智を見上げている。

「仕事も続けたいし、高校生活もたのしみたいし、大学にも行きたいし……ほかにもやりたいこと、いっぱいあります。全部本気だから、やる前からあきらめたくないです」

聖奈がきっぱりと言い切った。

明智の肩越《かたご》しに、彼女の顔が見える。瞳《ひとみ》には、強い決意が灯《とも》っていた。

（……別人みたいや）

翠にとっての「成海聖奈」は、いつも笑っているイメージだった。

女子たちが見ている雑誌で、テレビから流れてくるＣＭで、あるいは朝の電車のなかで、彼女の笑顔《えがお》にふれてきたからだろう。

その印象は、同じクラスになり、となりの席になっても変わらなかった。


だが実際はどうだ。

教師を相手に、臆《おく》せず自分の意見を言う。

綿菓子《わたがし》のようなふわふわと甘い希望ではなく、厳しい現実を見据《みす》えたうえで、自分がほしいものに対して貪欲《どんよく》に走っていく。

その姿はまぶしく、見ているこちらまでドキドキしてきた。


「口で言うほど、簡単じゃないと思うけど？」

「はい。なので、がんばります」


意地の悪い明智の言葉にも、聖奈は一歩もひかなかった。

視線をそらさず、そのままにこっと笑っている。


（成海って、俺よりよっぽどオトコマエやん）

明智もさすがに言い返せなくなったのか、沈黙が落ちた。

すっかりこの場を離《はな》れるタイミングを失った翠は、息を詰《つ》めて成り行きを見守る。

やがて明智のまとう空気がゆるみ、笑い声が聞こえてきた。


「よくできました」


そう言って明智は白衣のポケットに手をつっこみ、棒つきのアメを取りだした。

「どうぞ」とさしだされた聖奈は、きょとんとした顔で見つめている。

「いまの言葉を忘れずに、受験まで乗り切ってくださいな」

「……あっ、はい！」

「成海は無理しすぎるところがあるから、心配だなあ。疲《つか》れてても、しんどくても、笑顔で隠して『大丈夫《だいじょうぶ》です、やれます！』って言ってそうだしなー」

アメちゃんを受けとった聖奈に、明智がおおげさに肩《かた》をすくめながら言う。

そんなふうに思っているなら、なぜあんな責めるような言い方をしたのだろう。

（……もしかすると明智せんせー、成海のこと試《ため》しとったんかな？）

聖奈が気づいていたかわからないけれど、どちらにしても答えは変わらなかったはずだ。

その場しのぎで、あんなにまっすぐな瞳はできない。

「私、ダメなときはちゃんと言いますよ？」

「そう？　ならいいんだけど」

「……でも、気をつけます。大丈夫じゃなさそうだなって思ったら、あかりたちに話を聞いてもらったり、どこか出かけないって誘《さそ》ったりしてみます」

「うん、それいいね」

満足そうにうなずく明智に、聖奈が「はい」と微笑《ほほえ》む。

それを目にした途端《とたん》、心臓がひとつ大きな音を立てた気がした。

「なんや、これ？」

つぶやいた言葉は、誰《だれ》かに届くことなく足元へと落ちていった。
その間にも、どんどん鼓動《こどう》が速く強くなっていく。
まるで、翠のなかで「何か」が居場所を告げるように。

✦ ✦ ✦ ★ ☆ ★ ✦ ✦ ✦

五月になり、駅前の遊歩道でも、緑のまぶしい若葉が風に躍《おど》っている。
晴れていれば、もっときれいに見えただろう。
あいにくの曇《くも》り空の下、いつもより湿気《しっけ》を含《ふく》んだ風が、聖奈の髪《かみ》も揺らしていく。
(この時間に電車に乗るの、ひさしぶりだなあ)
頭のなかでスケジュール帳をめくっていくと、ちょうど一週間ぶりだった。
金曜日《今日》を逃《のが》せば、また週明けまで翠に会えなくなってしまう。
聖奈はお気に入りの傘《かさ》をにぎりしめ、待ち合わせの二番ホームへと急いだ。

《8：00》

今日こそ、翠に「おはよう」と声をかけてみせる。

そう決意して改札をくぐったものの、階段をのぼる間にも緊張《きんちょう》が押し寄せてきた。

(意気地《いくじ》ないな……)

灰色の雨雲が増し、空模様まで泣きそうだ。


「おはよう、聖奈」

待ち合わせ場所にあかりの姿を見つけ、聖奈はほっと息をつく。

「おはよー。もう金曜日なんだよね、早いなあ」

「今週はとくにお仕事忙《いそが》しそうだったもんね。今日もどこかで抜《ぬ》けるの？」

「ううん、今日はお休み！　放課後、また美術室にお邪魔《じゃま》してもいいかな？　一緒《いっしょ》に帰ろ」

聖奈の言葉に、あかりがぱあっと目を輝《かがや》かせる。

「わあ、ほんと？　なっちゃんと美桜ちゃんもよろこぶよー」

あかりとたのしく話していると、ふいに誰かが「降ってきた？」とつぶやくのが聞こえた。

ふりかえると、スーツ姿の男性が屋根の下から空を見上げていた。

聖奈もそれにならうと、部屋の窓から見たときより、さらに雲が多くなっていた。

《8：07》

あかりと話している間にも、刻一刻と電車の時間が迫《せま》ってくる。
聖奈はちらりと時計を確認《かくにん》し、深呼吸をした。
(落ちついていけば、大丈夫。電車に乗ったら、まずは濱中くんを探して……)
目があったら、にこっと笑う。
そして「おはよう」と声をかければ、完璧《かんぺき》だ。
脳内でシミュレーションをしていると、電車がホームへと入ってきた。
車両の窓越《ご》しに翠の姿を探し、聖奈はあっと息をのむ。
翠もこちらを見ていたらしく、一瞬《いっしゅん》、視線があった気がしたのだ。
(ちょっと待って、タイミングが……！)
慌《あわ》てて顔をそらした途端、冷たい雨粒《あまつぶ》が聖奈の頬《ほお》を濡《ぬ》らした。

「あ、降ってきた」

思わず声に出してから、やってしまったと気づく。

「おはよう」という言葉は、すっかりのどから消え去ってしまっていた。

聖奈は傘をにぎりしめ、そそくさと車両に乗りこむ。

一週間ぶりに同じ電車になったのに、翠のほうを見ることもできなかった。

(あいさつって、意識しすぎちゃダメなのかも)

ため息をこぼしながら、聖奈は窓ガラスにコツンと頭をもたせかける。

傘の柄《え》で、昼間は見えない星がゆらゆらと揺《ゆ》れていた。

✦✦✦★☆★✦✦✦

昼休みを告げるチャイムをBGMに、聖奈は机につっぷした。

(さ、さすがに疲れた、かな……)

体力に自信はあるけれど、今週のスケジュールは息切れを起こす過密さだった。

月、火、水、とオーディションを立て続けに受けた。

木曜日は、早朝から急遽《きゅうきょ》決まったPVの撮影《さつえい》を終え、そのままマネージャーの運転する車で学校の裏門まで送ってもらい、滑《すべ》りこむようにして四限に出席。

そして迎《むか》えた金曜日、ようやく仕事が休みになった。

(でもこの状況《じょうきょう》って、読モとしてはチャンスだし！　休んでなんていられないよ)


忙しさに負けそうなとき、いつも思いだす言葉がある。

『チャンスの神様は前髪《まえがみ》しかないんだって』

読モとしてはじめての撮影現場で、あこがれの先輩《せんぱい》からもらった言葉だ。

先輩は、続けてこう言った。

『だから聖奈ちゃんも、チャンスだと思ったら、すぐに手をのばしたほうがいいよ。やっぱりほしかったかもって思っても、後からつかまえることはできないから』

あの言葉の意味を、聖奈は日に日に実感するようになった。

中学生で自分が飛びこんだ芸能界は、いつでも「はい！」と手を挙げられる人からチャンスをつかみ、階段を駆《か》け上がっていく場所だった。

(オーディションも毎回緊張するけど、やっぱり思い切って参加してよかったな)

これまで聖奈は、ほとんどオーディション経験がなかった。読モとしての活動を見て声をかけてもらったり、事務所からもらえたりする仕事がほとんどだったからだ。

それが最近では、ドラマや映画のオーディションを受けるようになっていた。

自分がお芝居《しばい》をやっていくなんて考えたこともなかったけれど、マネージャーが「絶対に受けたほうがいいよ」と持ってきてくれたのだ。

（はじめは、どうやって断ろうかなって思ってたけど……）

お芝居なんて自分には無理です。

そう言って首を横にふった聖奈の背中を押してくれたのは、マネージャーの言葉だった。

『聖奈にしてはめずらしく弱気ね。なんでそんなに自信がないの』

『そ、それは……』

口ごもる聖奈に、彼女はにっこりと笑って言った。

『もちろん練習は必要だし、一生勉強は続くでしょうけど、誰にだって「はじめて」はあるものよ。だから聖奈も挑戦《ちょうせん》してみない？』

マネージャーは、いつも一番に聖奈を応援《おうえん》してくれる。

頼《たよ》れる姉のような存在であり、中学生で読モをはじめたとき、いまの事務所にスカウトしてくれた恩人でもある。

そんな彼女が、自分のためになると言って持ってきてくれたドラマのオーディションだ。

不安がないと言ったら嘘《うそ》だけれど、期待に応《こた》えたかった。


(結果発表は来週だっけ)

その頃《ころ》には、翠に「おはよう」と言えているだろうか。

聖奈は小さくため息をつき、顔を左側へと向ける。

となりの席に翠の姿はない。

四限は選択《せんたく》授業だったため、教室が別々だったからだ。


「なあなあ! いまから購買《こうばい》に走ったら、焼きそばパン残っとるかな?」

噂《うわさ》をすれば影《かげ》、廊下《ろうか》から翠のたのしそうな声が聞こえてきた。

聖奈は弾《はじ》かれたように顔をあげ、開け放たれたドアから廊下に視線を投げる。

「っていうか翠、弁当は？」

「もう食ったに一票！」

「あー、それだな。んじゃ、俺と鈴木は先に部室行ってるわ」

「おう。行くぞ、隈！」

一緒《いっしょ》にいるのは、軽音楽部のメンバーだろうか。

翠は背の高い男子とふたり、階段に向かって走りだした。

その背中を見送って、聖奈は再び机につっぷす。

『仕事も続けたいし、高校生活もたのしみたいし、大学にも行きたいし……ほかにもやりたいこと、いっぱいあります。全部本気だから、やる前からあきらめたくないです』

先日、明智に宣言した言葉が突《つ》き刺《さ》さってくる。

仕事も学校も、受験勉強だって、自分なりにがんばっているつもりだ。

だが、恋《こい》だけはダメだった。

（私、おはようのオーディションだけ、全戦全敗なんだよね）
挑《いど》む前に止《や》めてしまっていることを考えると、不戦敗だ。
あれだけ決意したのに、いざ翠を前にすると緊張《きんちょう》して声が出なかったのだ。
（ただ「おはよう」って言いたいだけなのになあ……）

相手が好きなひとというだけで、呼吸さえ難しくなる。
撮影でも取材でもオーディションでも、あんなに緊張したことはなかったと思う。
自然に、いつも通り、笑顔《えがお》で。
そう自分に言い聞かせるのに、ますます体がこわばってしまうのだ。

「……おはよう」

ぽつり、とつぶやいてみる。
小さな声は鼓膜《こまく》を揺らし、やがて体にとけていくような気がした。

「おはよう」

もう一度、今度はゆっくりと起き上がりながら言う。
教室に残っている誰《だれ》かの視線を感じたけれど、聖奈はもう気にしなかった。
「おはよう、おはよう！　おはようございます！」
声にだすたび、頭のなかがスッキリしていくのがわかる。
どうして翠に「おはよう」と言えないのか。
肝心《かんじん》なときに勇気が出ないのはなぜなのか。
ずっとそんなことを考えていたけれど、質問そのものが間違《まちが》っていたらしい。

できない理由を探しても意味がない。
自分にたずねるべきは、次もがんばれるかどうかだ。
できるまで、やる。
あきらめずに続ければ、いつか成功して、次のステップに進めるはずだから。

「オッス！　グッモーニンッ、ごきげんよう」

全部本気だから、やる前からあきらめたくない。

だから、恋だって。

「がんばらなくちゃ」

✦ ✦ ✦ ★☆★ ✦ ✦ ✦

その日の放課後、約束通り聖奈はあかりたちに会いに美術室を訪ねた。

三人とも、部員ではない聖奈をいつも歓迎《かんげい》してくれる。

今日は「せっかく聖奈ちゃんが来てくれたんだし！」という夏樹の言葉で、デッサンモデルとして、下校時刻まで美術室で過ごしたのだった。

「どこか寄って帰りたいなって思ったけど、雨すごくなってきちゃったね」

「この分だと、駅前のカフェはいっぱいかな？」

朝から降り続けていた雨は、あかりと並んで校門を出たところで一気に強くなった。

傘《かさ》が雨粒《あまつぶ》を弾《はじ》く音に、お互《たが》いの声も聞きとりづらくなる。

「あそこにいるのって、濱中くんかな？」

首をかしげる聖奈に、あかりがすっと指を持ち上げた。

「うん？」

「あそこにいるのって……」

「！」

どくんと、心臓が大きな音を立てる。

あかりが示した先には、軒先《のきさき》で雨宿りしている翠の姿があった。

腰《こし》に手をあて、困った顔で空を見上げている。

（濱中くん、傘ないんだ）

その光景を見た瞬間《しゅんかん》、口が勝手に動いていた。

「あかり、あの……」

「いってらっしゃい」

「え？」

「傘、濱中くんに貸してあげるんでしょ？」

肝心なことは何も言っていないのに、あかりにはすべてお見通しだったらしい。

聖奈は驚《おどろ》きながらも、こくりとうなずく。


「う、うん」

聖奈の返事に、あかりは笑みを深くする。

「私の傘大きいし、相合い傘して帰ろ！　ここで待ってるね」

「ありがとう」


あかりに笑い返し、聖奈は翠のもとへと駆《か》けだした。

傘をたたみ、自分も屋根の下に入る。

そのわずかな間にも髪《かみ》は濡《ぬ》れ、頬《ほお》へと雨が伝った。

順番を逆にすればよかったなと頭の片隅《かたすみ》で思ったけれど、さっきから心臓がうるさくて、正直それどころじゃなかった。
走ったからじゃない、翠の前だからだ。

当の翠は、一向に止《や》まない雨をぼんやりと眺《なが》めている。
聖奈の足音は雨音に消されたため、まだこちらに気づいていないらしい。
(どうしよう、心臓が口から飛びだしそう……)
緊張で、涙《なみだ》までこみあげてくる。
それでも、この場から逃《に》げだしたいとは思わなかった。

言わなきゃ。言いたい。
最初の一歩を踏《ふ》みだすなら、いまだ。

「あ、あの……」

絞《しぼ》りだした声は、震《ふる》えていた。
頰が燃えるように熱い。きっと耳まで赤く染まっているだろう。

はずかしくて、とても顔を上げられなかった。
じゃりっと砂を踏む音がして、翠がこちらをふりかえる気配がした。
息をのむ音とともに、視線を感じる。
それでまた、鼓動《こどう》が跳《は》ねるのがわかった。
鼓膜《こまく》を揺《ゆ》らしていた雨の音は、いつのまにか聞こえなくなっていた。
バクバクと高鳴る鼓動と、緊張《きんちょう》で乱れた呼吸。
翠の戸惑《とまど》ったような息づかい。
それだけが聖奈の世界を包んでいた。

まるで時間が止まってしまったかのようだ。
このまま聖奈が黙《だま》っていたら、不思議に思った翠が話しかけてくれるだろうか。
ふと、そんな弱気なことを考えてしまう。
(でもそれじゃ、意味ない……。勇気ださなくちゃ)

聖奈はうつむいたまま、翠に向かってそっと両手をさしだす。
そして緊張と不安で震える唇《くちびる》で告げた。

「傘をどうぞ……」

はたして、自分の声は翠に届いただろうか。
さしだした傘は聖奈の手ににぎられたまま、宙に浮《う》いている。
(……もしかして、迷惑《めいわく》だったかな?)
そんな不安が頭をよぎったとき、ふっと両手から重みが消えた。
驚いて顔を上げると、傘を手にした翠と目があった。

「あ、ありがとう……っ」

ぎこちない声が、聖奈の鼓膜を揺らした。
気のせいだろうか、翠の顔が赤く染まっているように見える。

「…………」

翠は何か言いたそうな表情を浮かべ、じっとこちらを見つめている。

だが唇をぎゅっと結び、傘をにぎりしめるだけだった。

「……そ、それじゃあ」

聖奈はぺこりと会釈《えしゃく》して、屋根の下から走りだす。

足元で、水たまりの水が勢いよく跳ねる。

でもそんなこと、気にしてなんかいられなかった。

羽が生えたように体が軽い。

このまま歩き続けたら、宙に浮かんでいくような気分だ。

(やった、やったー！　濱中くんと、話しちゃった……！)

ほんのひとこと、ふたことかわしただけだったけれど。

それでも、とうとう翠と話ができたのだ。

きっかけは突然《とつぜん》だ。
いままで「おはよう」すら言えなかったのが、嘘《うそ》みたいだった。
（月曜日は、もっと話せるかな？）

きっと話せるはずだ。
勇気をだして、チャンスの神様の前髪《まえがみ》をつかんだのだから。
期待に胸をふくらませながら、聖奈はあかりの待つ傘《かさ》にお邪魔《じゃま》した。

――その日の夜、夢を見た。
夢なんていつもは見ないから、なんだか不思議な気分だった。
夢のなかで、ふたりはたのしそうにしていた。
あれはきっと、翠と自分だ。
正夢になるだろうか。

現実にしてみせよう。したいんだ。

ふわふわと夢の余韻《よいん》を味わいながら、聖奈はそう心に誓《ちか》った。

◆ ◆ ◆ ★ ☆ ★ ◆ ◆ ◆

（やっぱ俺、本番に強い男やったんやなあ）

週明け月曜日、翠は玄関《げんかん》で靴《くつ》を履《は》きながら、満足げにうなずく。

記念すべき聖奈とのはじめての会話は、散々練習した「おはよう」ではなく、リハーサルなしの一発勝負による「ありがとう」だった。

瞳《ひとみ》を閉じると、まぶたの裏に金曜日のできごとがよみがえる。

『傘をどうぞ……』

雨の音にかき消されそうになりながら、聖奈はそう言って傘をさしだしてくれた。

嘘みたいだ。

いや、現実なのだけれど。

それともまさか、自分の妄想《もうそう》だったりするのだろうか。

ありえない。その証拠《しょうこ》に、頬《ほお》を思い切りつねったら、声をあげるほど痛かった。

何より翠の手元には、聖奈の傘があるのだ。


そんなしょうもない自問自答を、翠はこの土日の間、延々と繰《く》り返していた。

言い訳をするなら、たしかめずにいられないぐらいに夢心地《ゆめごこち》だったのだ。

まさか聖奈から声をかけてくれるとは思ってもみなかったし、そのうえ雨宿りする自分に傘を貸してくれるだなんて誰《だれ》が予想しただろう。


おまけに、この傘を返すというミッションもある。

金曜日は「ありがとう」と告げるだけで精一杯《せいいっぱい》だったけれど、次はもっと会話を盛り上げてみせると意気込んでいた。

(まあ成海のことやから、また仕事でタイミングあわんかもしれんけどな)

だが逆に考えれば、いつ「そのとき」がきてもおかしくないのだ。

翠は鞄《かばん》を背負い、靴箱のうえに置いた傘を見やる。

土曜日の昼にベランダで干した傘は、すっかり乾《かわ》いていた。

部屋に取りこんでからも窓際《まどぎわ》に置いて風を当て、それからできるだけ丁寧《ていねい》に巻いて、ボタンを留めたつもりだ。

(練習してない言葉も言えたんやし、ここでがんばらな……!)

傘をにぎりしめ、玄関のドアを開け放つ。

目指すは、八時の電車だ。

からっと晴れた空の下、翠は大股《おおまた》で一歩踏《ふ》みだした。

《8:00》

二車両目、お気に入りの特等席が空いていた。

翠は一瞬《いっしゅん》迷って、今日はそのまま座らずに、あえて立っていることにする。

聖奈が乗ってきたときに、そのほうがすぐに声をかけられるからだ。

《8:07》

電車が駅のホームに入っていく。

いつものように、乗車位置に並ぶ列の一番前に聖奈の姿があった。

向かいのドアが開く瞬間、お互《たが》いに目があったのがわかる。

聖奈はこちらを見て、小さく「あっ」とつぶやいたような気がした。


（いまや！）


床《ゆか》に縫《ぬ》いつけられたように動かない足に号令をかけた。

そして大事ににぎりしめた傘を、そっと聖奈へとさしだす。


「これ！　ありが、とう」

「う、うん」

「それと、その……」

先週の金曜日を再現するかのように、声がふるえてしまっていた。

足も、手も、体中が緊張《きんちょう》でどうにかなりそうだ。

（って、アホか！　何度も繰り返し練習したんは、このときのためやろ？）

うるさい心臓を抑《おさ》えるように、翠はシャツをきつくにぎりしめる。
こういうときは、まず深呼吸だ。
そうして、震《ふる》えるのどから声をしぼりだす。
せーの！

「おはよう」

やっと、言えた。
自然と肩《かた》の力が抜《ぬ》け、へにゃりと頬がゆるんでいく。
（あかん、気ぃ抜きすぎや……！）
翠は慌《あわ》てて表情筋を引き締《し》めながら、そっと聖奈の様子をうかがった。
聖奈は傘を手に、大きな目をぱちりと瞬《またた》いていた。
それからゆっくりと固まっていた表情をやわらげ、ふわりと微笑《ほほえ》んだ。
まるで花のつぼみがほどけていくように。

「おはよう」

「！」

笑顔《えがお》とあいさつが同時に返ってきて、翠は息が止まりそうになる。

そして次の瞬間、鼓動《こどう》が大きく跳《は》ね上がった。

（またや、あのときと一緒《いっしょ》や）

思いだすのは、二週間ほど前のこと。

放課後の教室の前で、聖奈と明智が進路について話しこんでいる場面に遭遇《そうぐう》した。

あの日、翠は聖奈の笑った顔を見て、やはり心臓がざわめいた。

（これってもしかして、もしかするんかな……？）

この胸にある感情の名前を、自分は知っている。

そんな確信があった。

（俺、成海のこと好きなんや）

audition 4 ～オーディション4～

練習してない言葉言えたから
頑張らなくちゃ
大好きな君を見てる
それだけじゃ満足しなくて

★audition 4 ～オーディション４～

中間テストが終わったかと思うと、すぐに六月になった。

関東はまだ梅雨《つゆ》入りを宣言されていないが、それも時間の問題だろう。

前髪《まえがみ》のうねり具合から推測するに、明日《あした》にでも発表されそうだ。

（まーたこの季節がきよったで、めんどくさ……）

視聴覚室《しちょうかく》の窓の外に広がるどんよりと曇《くも》った空を見上げ、翠はため息をつく。

もともと癖《くせ》のある翠の髪にとって、湿気《しっけ》が増すこの時期は天敵だった。

朝の貴重な時間を費《つい》やして完璧《かんぺき》にセットしたところで、昼休みになる頃《ころ》には、どこかしらくるっと撥《は》ねてしまうのだ。

（縮毛なんとか、かけたらええんか？　けど、それはそれでぺたーってなりそうやしなあ）

とにもかくにも、早急に対策を考えなければならなかった。

湿気で髪が爆発《ばくはつ》しているなんてカッコ悪いところ、聖奈に見せるわけにはいかないのだ。

何がなんでも、絶対に。


「翠のやつ、今日はまた一段とおもしろい顔してんな」

「窓際《まどぎわ》でギター抱《かか》えて真顔とか、写真に撮《と》れって言われてる？」

「うーん、動画と迷うな」

「ははっ！　うまく撮れたら、広道に送ってやろっか」

「やめとけって。笑っちゃって、バイトにならなくなるだろー」


例によって、鈴木と隈の能天気な声が聞こえなかっただろうか。

翠はぴくりと眉《まゆ》を動かしたが、ここはあえて聞かなかったふりをすることにした。

部活の休憩《きゅうけい》時間の過ごし方なんて、ひとそれぞれだ。


「にしても、今度は何に悩《なや》んでるんだろうな。テスト前はやたら浮《う》かれてたじゃん」

「あー、たしかに……。にやにやしながら、謎《なぞ》の歌うたってたよな？」

にやにやしとったって、誰《だれ》がや。

だいたい謎の歌ってなんやねん、名作やろ。

心のなかでぶつくさとツッコミを入れていると、鈴木のとんでもない発言が飛んできた。

「そうそう、延々『おはよう』って繰《く》り返すだけのやつ」

「おはよう以外にも歌詞あるわ、ボケェ！」

気がつくと、ツッコミを入れてしまっていた。

ふたりは「そうだったか？」「あんま覚えてない」などと首をかしげている。

こうなったら仕方がない、本物を披露《ひろう》するしかないだろう。

「おはよう！　おはよう、おはよう、グッモーニン！　今日もいい日だ、おはよーさん！」

聖奈と「おはよう」をかわした日につくった、渾身《こんしん》の一曲だ。

最後にジャジャンとブレイクして演奏を終えると、メンバーから拍手《はくしゅ》が送られた。

まばらなのは、感動のあまりうまく手が動かなかったからだろう。

「どう見ても、にやにやしてたよな？」

「音からして相当浮かれてた」

「だまらっしゃい！　ええか、音にはそのひとの心が出るんや」

「「だから？」」

「俺はしあわせもんっちゅーことやな」

聖奈に「おはよう」と言えたあの日から、翠の世界は変わった。

と言っても、ふたりの距離《きょり》が劇的に縮まったわけではなく、聖奈を前にすると緊張《きんちょう》するのは相変わらずだ。あいさつするので精一杯《せいいっぱい》で、例のバンドの話だってまだできていなかった。

それでも翠にとっては、大きな一歩だったのだ。

「翠ぃー。しあわせ噛《か》みしめてるとこ申し訳ないんだけど、ちょっといい？」

神妙《しんみょう》な顔つきになった鈴木が、すっと手を挙げた。

「なんや？」

「文化祭のライブの曲数の件なんだけど、やっぱ五曲は多くない？」

この前、ミーティングで決まったばかりだというのに、何があったのだろう。第一「やっぱ」と言われても、五曲という数字自体は去年と同じだ。

ぽかんとする翠に、鈴木が苦笑いしながら続ける。

「いや、俺たちもやりたかったんだよ。高校最後の文化祭だし」

「せやったら……」

「そうなんだけどさ、俺たち今年三年じゃん？　俺と隈は塾《じゅく》の夏期講習あるし、広道だって就活あるから、練習時間そんなにとれないと思うんだよ」

鈴木の言葉を引き継《つ》ぎ、隈が口を開く。

「ミーティングのあと、広道ともそういう話になってさ。この前は、俺たちもノリで賛成しちゃったとこあったよなって……。ホント悪い」

（なんや、それ……）

ガツンと頭を殴《なぐ》られたような衝撃《しょうげき》だった。

だがふたりを責める気にならないのは、向こうの言い分が「正しい」からだ。

少なくとも翠にはそう思えた。

かといって、納得《なっとく》できるかどうかは別の問題だ。

翠は必死に頭を回転させ、ほかに抜《ぬ》け道はないか探《さぐ》る。

(曲数減らしても、インパクトがあるライブっちゅーと……あっ!)

あった。あるにはあるけれど、これも大きな賭《か》けには違《ちが》いない。

少し迷ってから、翠は口の端《はし》を持ち上げてみせた。

「そんなら三曲に減らして、そのうち一曲はオリジナルやったろーや」

「えっ……。オリジナルとか無理でしょ」

「そうだ、三曲とも翠の好きなバンドの曲にすっか! 広道も賛成するだろ、きっと」

「……オリジナル一曲だけでもええよ」

「「はあ⁉」」

食い下がった翠に、鈴木と隈が叫《さけ》ぶ。

信じられないという顔だ。

そんなふたりの反応に決意がぽっきり折れそうになるけれど、翠はなおも笑って言う。

「鈴木も言っとったやん、高校最後の文化祭やって。ガツンと一曲、かましたろーや」

「か、簡単に言うけど、誰が作詞作曲するんだよ？」

「俺」


その瞬間《しゅんかん》、しんと沈黙《ちんもく》が落ちた。

「なんや」と目で訴《うった》える翠に、ふたりがため息をつく。

「翠だって、受験生には変わりないじゃん」

「今回の中間テスト、古典で赤点とったって言ってたよな」

「そうだよ、補習いつからだっけ？」

「……………たしか、明日《あした》からやったような？」

「そこ、首かしげるなよー」


鈴木のツッコミに、隈が手を叩《たた》いて笑っている。

わざと大きめにリアクションをとっているのだろう。三人の間にはりめぐらされた緊張の糸がほぐれていくのを感じながら、翠は肩《かた》をすくめる。

「まあそういうわけやから、補習の間は……」

部活には遅《おく》れると続けようとした矢先、すかさず鈴木がうなずいた。

「わかってるって、休みにしとくよ」

「へっ？　ちょお待ち、わざわざ休みにせんでもええやん」

「いやいや、そこは補習に集中しときなよ。留年なんてイヤだろ？」

「広道も来週までバイトが忙《いそが》しいって言ってたし、ちょうどよかったんじゃね？」

隈も鈴木に賛成らしく、援護《えんご》射撃《しゃげき》を食《く》らってしまう。

（なんやねん、ほいほい部活を休みにしよってからに……！）

翠は不機嫌《ふきげん》なのを隠《かく》さず、むっと唇《くちびる》を尖《とが》らせる。

だが原因をつくったのはあきらかに自分で、強く文句も言えなかった。

「補習終わったら、文化祭の件でもっかいミーティングや！　首洗って待っとけよ！」

「「はいはい」」

翌日、明智による古典の補習がはじまった。

翠をはじめ、中間テストで赤点をとった生徒数名が対象だ。

そのなかには、意外な人物もいた。

(なっ、なんで成海がここにおるんや……?)

はじめは見間違《みまちが》いかとも思ったが、となりに座っているのは聖奈本人だ。

仕事で授業を休むことはあっても自分のように居眠《いねむ》りするなんてことはなかったし、課題はいつも遅れずに提出しているようだった。

そんな聖奈が、赤点をとるようには見えない。

「こら濱中、ぼーっとしてないで黒板を見なさい」

ぽかんと見つめていると、教壇《きょうだん》に立つ明智から注意が飛んできた。

翠はびくりと肩を揺《ゆ》らし、慌《あわ》てて聖奈から視線をそらす。

だが、気になるものは仕方がない。

その後も、ちらちらと横目でとなりの席を見てしまった。

聖奈はすっと背筋をのばし、まっすぐに黒板を見つめている。

こちらの視線に気づく様子はない。明智の説明に聞き入りながら、時折、手元のプリントにシャープペンを走らせていた。

(……あかん、俺も真面目《まじめ》にやろ)

気持ちを入れ替《か》えてからは、時間が過ぎるのが早かった。

最後に課題をだされ、補習は終わりを告げた。

「まだ質問があるひとは、国語準備室まで」と言い残した明智を先頭に、ほかの生徒たちもバラバラと教室を後にする。

それを視界の端にとらえながら、翠は音もなく椅子《いす》から立ち上がった。

(このタイミングで声かけても、別におかしないよな?)

翠はそわそわと落ちつかない気持ちを抑《おさ》えこみ、聖奈の机の前に立った。

「お、おお、お疲《つか》れさん！」

「……濱中くんも、お疲れさま」

はにかむような笑《え》みとともに、聖奈のやわらかい声に名前を呼ばれる。

たったそれだけで、鼓動《こどう》が一気に速くなった。

その勢いにあおられるように、翠はさらに口を動かす。

「なんで参加しとったん」

「え？」

「せやから、そのっ、成海が補習に参加するとか、意外やなって」

勉強できそうやし、赤点とるとことか想像できへんし。

そう口のなかでもごもご続けると、聖奈が困ったように眉《まゆ》を下げた。

「……実は、古典の単位がちょっと危なくて」

「あ、あー、仕事忙しそうやったもんな」

翠の言葉に、聖奈が小さくうなずく。

「ほかの教科も追加で課題をだしてもらったりしてるんだけどね、やっぱり直接先生に教わったほうがいいなって思って。それで今回、古典の補習に参加させてもらったの」

（真面目か！）

ツッコミを入れるまでもなく、聖奈はくそがつくほど真面目だったらしい。

彼女のことを努力家だと思っていたけれど、想像以上だった。

（進路調査票に「受かるもんなら大学進学」って書く俺とは、次元がちゃうな……）


「は、濱中くんは……」

「俺？　俺は安定の赤点組や！」

なぜか自慢《じまん》げに言ってしまい、翠は頭を抱《かか》えたくなる。

聖奈はきょとんと目を丸くしてから、「安定じゃダメだよ」とくすくすと笑いだした。

（うわ、うわあああ！　かわえぇー）

間近で聖奈の笑顔を拝めたことに感謝しつつ、翠は「えへん、ごほん」と咳払《せきばら》いする。

「ま、まあ、補習最終日の小テストで本気をだすつもりや」

「そうなの？」

「おう。せやないと、夏休みも呼びだされることになるからな……。高校最後の夏が補習で潰《つぶ》れるとか、あかんやろ？　ないわー、ありえへん！」


熱弁をふるっていると、聖奈が何か言いたそうな表情を浮《う》かべていることに気がついた。

翠は首をかしげ、「ん？」と視線を投げる。

すると聖奈はじっとこちらを見つめ、ゆっくりと口を開いた。

「あ、あの、もしよかったら夏休み……」


彼女の言葉を、最後まで聞くことはできなかった。

机の上に置かれていた聖奈のスマホから、バイブ音が響《ひび》いたからだ。

振動《しんどう》は長く、どうやらメールなどではなく電話らしい。

「あ、マネージャーさんだ」

聖奈はわざわざ翠に「ちょっとごめんね」と断ってから、電話に出た。

「もしもし、お疲れさまです。え？　はい、もう補習は終わったので大丈夫《だいじょうぶ》です！」

部外者の自分が聞いてはまずいだろうと、翠も自分の席へと戻《もど》る。

そのままにしていた筆記用具やプリントを鞄《かばん》につっこんでいくと、となりの席の聖奈も荷物を片づけはじめる気配がした。

(補習終わったばっかやのに、今度は仕事か……)

「時間、早まったんですね。駅からスタジオまで歩くことを考えると、タクシーを使ったほうが確実なのかな？……あ、それじゃあ裏門のところで待ってます」

聖奈は電話越《ご》しに小さく会釈《えしゃく》して「お願いします」と言って、通話を切った。

「……このあと仕事なんやな。がんばりや」

「あ、ありがとう！」

言った、言えた。

今度は声がふるえなかったし、聖奈も笑顔を返してくれた。

(これまでになく、ええ感じで話せてるんちゃう?)

とはいえ、電話の様子からして急いでいるようだったし、これ以上、引き止めるのはよくない。ここはさっさと退散すべきだろう。

ひょいっと鞄を持ち上げ、ドアに向かって歩きだす。

だが三歩も歩かないうちに、聖奈に呼び止められた。

ふりかえると、赤い顔の彼女と目があった。

「えっと、その……さっきの……」

(さっきの? ああ、そういえば夏休みがどうのって言っとったな)

立ち止まって続きを待つけれど、聖奈はなかなか口を開かなかった。

それだけ言いにくいことなのだろう。

翠は急《せ》かさないように気をつけながら、できるだけやわらかい調子で相づちを打つ。

「どうかしたんか?」

「……ご、ごめん、なんでもない！　ま、また明日《あした》」

「お、おお……？　また明日な」

聖奈はこくりとうなずくと、鞄の持ち手をにぎりしめ、翠の横を走って通り過ぎていく。

揺《ゆ》れる髪《かみ》の隙間《すきま》から、赤く染まった耳が見えた。

(成海のやつ、熱でもあったんかな……)

さっきも顔が赤いなと思ったけれど、それが原因だったのだろうか。

「あーっ！　それって最新号？」

「そうそう、昨日発売のやつ。聖奈ちゃんが表紙だから買っちゃった」

廊下《ろうか》から、女子のにぎやかな声が聞こえてくる。

聖奈の名前が飛びだし、翠は思わず聞き耳を立ててしまう。

「読モが表紙を飾《かざ》るの、はじめてなんだって」

「それってすごくない？」

「ね！　しかも、特集組まれてるんだよ」

「いま、めちゃくちゃ推《お》されてるよね。そのうちCDデビューとかしたりして」

「わたし的には、ドラマに出てほしいなあ」

彼女たちが何か言うたび、翠は胸がしめつけられるような感覚に陥《おちい》った。

ふたりの声が聞こえなくなる頃《ころ》には、その場にずるずるとしゃがみこんでいた。

「……CDとかドラマとか、そんなんもう芸能人みたいやん」

この場に春輝がいたら、いつかのように「だから芸能人なんだって」と笑われそうだ。

翠だって、聖奈が芸能人だということはわかっている。

ただ心のどこかでブレーキをかけて、深く考えないようにしていたのかもしれない。

（やって、仕方ないやん）

「成海聖奈」は中学生の頃から芸能界で仕事をし、最近ますます人気が高まっている。

比べて「濱中翠」は、どこにでもいる高校生だ。
そんな自分が彼女を好きになって、どうなるというんだろう。
どう考えたって「不釣《ふつ》り合いな恋《こい》」だ。
(……けど、好きになってもうたんやから、しゃーないやん)
釣り合うかどうかで、相手を好きになるわけじゃない。
聖奈をふり向かせたいのなら、努力あるのみだ。
(そもそも俺の辞書に「あきらめる」なんて言葉はないしな!)
窓の外で夕日が沈《しず》んでいく。
それでも空は青々とした色を残していて、もうすぐ夏が来るんだなとぼんやり思う。
「夏休みも、一度くらい会えたらええなあ」

弱気な言葉が出て、翠はたまらず苦笑《くしょう》した。

意気地《いくじ》ない自分を励《はげ》ますように、両手でばちんっと頬《ほお》を叩《たた》く。

「男になれ、濱中翠……！」

✦✦✦★☆★✦✦✦

チャンスは、意外にもすぐにやってきた。

翌朝、聖奈がいつもの時間の電車に乗ってきたのだ。

しかもとなりにあかりの姿はなく、めずらしく彼女ひとりだった。

「おとなり、いいですか？」

「どうぞ！」

反射的に答えたものの、翠は混乱しきっていた。

聖奈の言葉が、頭のなかで渦《うず》を巻く。

その間にも右側の座席がわずかにへこみ、誰《だれ》かが座る気配がした。
翠はぎこちなく首をめぐらせる。
次いで、視界に飛びこんできた光景に息をのんだ。

「…………」
「…………」

まさかこの至近距離《きょり》で見間違《みまちが》えるはずもない。
いま自分のとなりにいるのは、聖奈だ。
（は？　え？　ちょっ、なんでなん？　ほかの席だって、全然空いて……）
そこまで考えて、はたと気づいた。
もしかしなくてもこれは、チャンスではないだろうかと。
翠は横目でそっと聖奈の様子をうかがう。
聖奈はうつむき、スカートのすそをにぎりしめていた。
何か言いたそうに、唇《くちびる》を開いては閉じる。

（もしかして、俺のほうから話ふったほうがええんかな？）

だが、何かしゃべらなければと焦《あせ》るほど、口のなかが乾《かわ》いていく。

頭のなかなんて真っ白だ。

そうこうしているうちに、車内アナウンスが聞こえてくる。

早くしないと目的地だ。

（男になるんやろ、濱中翠ぃ！）

ぐっと拳《こぶし》をにぎりしめ、翠はうつむいていた顔を勢いよく上げる。

深呼吸をひとつして、震《ふる》えるのどから声をしぼりだした。


「……ても、いいですか？」

「え？」

「携帯《けいたい》、聞いてもいいですか？」

「けいたい……」

あまりに唐突《とうとつ》だったからか、聖奈がぽつりと繰《く》り返す。

そうかと思うと、くすりと笑いだした。


(わ、笑われたー!?)


何かおかしなことを言っただろうか。それとも単純に言い方が悪かったのか。

緊張《きんちょう》で赤くなっていた顔に、さらに熱が集まってくる。

だが続けて聞こえてきたのは、聖奈のうれしそうな声だった。


「……同じこと思ってた」


聖奈は、はにかむように笑っている。

それを横目で見てしまい、声にならない悲鳴がこみあげてきた。

(あーもー、なんやねん！　かわええなー)

翠は座ったまま前屈《ぜんくつ》するように、勢いよく頭を鞄《かばん》に押しつける。

「わっ、濱中くん？　どうしたの？」

「……ありがとう」

カッコ悪いにもほどがあるけれど、ゆるみきった顔を見せるよりはマシだろう。
そう思い、微動《びどう》だにしないままつぶやいた。
声はくぐもってしまったものの、きっと聖奈の耳にも届いているはずだ。

深呼吸をひとつして、そろりと横目で聖奈を見る。
すると偶然《ぐうぜん》、聖奈もこちらに視線を向けていて、ぱちりと目があった。

「!」

翠は呼吸の仕方も忘れ、聖奈を見つめてしまう。
対する聖奈は慌《あわ》てたように視線を泳がせてから、こちらに向かって微笑《ほほえ》みかけた。
たった一瞬《いっしゅん》のことだったけれど、カーッと顔が赤くなるのがわかった。

(絶対絶対、連絡《れんらく》しよ……!)

翠はスマホをにぎりしめ、心のなかで誓《ちか》う。

これは夏休みに聖奈との約束をもぎとれる「チケット」なのだから。

『携帯、聞いてもいいですか?』


翠からそう切りだされたとき、聖奈は信じられない気持ちだった。

うれしかったのはもちろん、自分も同じことを言おうと決めていたからだ。

気持ちが通じあっているみたいで、ドキドキしてしまった。


けれどあの後、翠とは音信不通状態が続いている。

連絡先を交換《こうかん》した際に「よろしくね」「よろしく」というメッセージをかわしたのが、最初で最後のやりとりだ。

(なかなかタイミング難しいなあ……)

アプリでトークするなら、落ちついて、しっかりと文面を考えたかった。

だが仕事が途切《とぎ》れない状態のいま、時間を確保するのは難しい。

実際、今日も今日とて撮影《さつえい》が入っている。

何度かスマホを手にとるものの、勇気をふりしぼる前に休憩《きゅうけい》が終わってしまうのだ。


「それじゃあ、十分休憩入りまーす！」


スタッフさんの声が、スタジオに響《ひび》き渡《わた》った。

聖奈は「お疲《つか》れさまです」と言いながら、スマホへと駆《か》け寄る。

（濱中くん、いま忙《いそが》しいかな？）

スタジオの時計を見ると、すでに二十一時を回っている。

まだ寝《ね》ていないとは思うけれど、テレビを見ているかもしれないし、補習の課題を解いているかもしれない。電話よりは、メールなどのほうがいいだろうか。


「聖奈、お疲れさま！　今日もいい調子じゃない」

さきほどまで姿を消していたマネージャーも、戻《もど》ってきていたらしい。

にっこりと笑って、肩《かた》を叩《たた》かれた。

「ありがとうございます」

「さっ、控《ひか》え室に行きましょ。とっておきのニュースがあるのよ」

聖奈の返事を待たずに、マネージャーが控え室へと歩きだした。

いつもは「スタッフさんとコミュニケーションをとったほうがいいから」とそのままスタジオに残ることが多いから不思議に思ったけれど、どうやら内緒《ないしょ》の話があるらしい。

「とっておきのニュース」という言葉通り、彼女は満面に笑《え》みを浮《う》かべている。

「さっき電話があってね、わたしも聞いたばっかりなんだけど」

控え室のドアを開けながら、マネージャーが弾《はず》んだ声で言う。

何人ものタレントを育ててきたというベテランの彼女が、こんなに興奮しているところを見るのははじめてだ。それだけ大きなニュースなのだろう。

聖奈も彼女の後に続いて部屋に入り、緊張気味にたずねる。

「何があったんですか？」

「実はね……例の映画のオーディション、最終選考を通ったわよ！」

「ほ、本当ですか⁉ 私が？」

「ええ。やったわね」

笑顔のマネージャーにぽんっと肩を叩かれ、聖奈はその場でよろめく。

信じられなくて、驚《おどろ》きすぎて、体に力が入らなかった。

「ただし！ ヒロインじゃなくて、その親友役ですって」

「え？ でも、私……」

「監督《かんとく》が推薦《すいせん》してくださったそうよ。聖奈の笑顔がよかったからって」

「……っ」

(私のことをちゃんと見ていてくれるひとが、あの場にもいたんだ……)

オーディションを受けると決めた日から猛練習《もうれんしゅう》したけれど、結果が出るまで不安だった。

審査《しんさ》会場には、ふだんドラマや映画で見かける役者さんがたくさんいたし、舞台《ぶたい》やミュージカルで活躍《かつやく》しているひとたちも多かった。

聖奈も読モとして芸能界にいるものの、本格的なお芝居《しばい》の経験はゼロだ。

「目指すなら主役よ！」というマネージャーのすすめもあってヒロイン役を受けたけれど、実力不足なのは自分が一番よくわかっていた。

（でも、私にも役がもらえた……。どうしよう、すごくうれしい）


「撮影は夏休みからはじめるそうよ。あと一ヶ月半しかないけど……」

「それまでに、もっとお芝居の練習します！」

気がつくと、食い気味に叫《さけ》んでいた。

マネージャーはきょとんと目を丸くして、それからふっと笑った。

「ええ、それがいいわね。本当におめでとう」

声が出なくて、うなずくだけで精一杯《せいいっぱい》だった。

その間にもじわじわと実感がわいてきて、いまにもどこかへ走りだしたくなる。

（またお芝居ができるんだ。今度はもっとたくさん……！）

そう思ったら、いてもたってもいられなくなった。

審査会場で、あんなにも緊張《きんちょう》していたのが嘘《うそ》みたいだ。

「というわけで、今年の夏はますます忙しくなるわよー」

言いながら、マネージャーがスーツのジャケットのポケットからスマホを取りだす。

「昨日、雑誌主催《しゅさい》のイベントの詳細《しょうさい》も来てたんだけど、やっぱりステージの内容を去年とはがらっと変えてくるみたいね。歌とか寸劇をやりたいんですって」

「やっぱりそうなんですね」

聖奈も、事前に撮影現場で編集さんたちから聞いていた。

みんなはりきっていたから、参加者のひとりとして楽しみにしていたところだ。

とはいえ出演者でもある以上、ただ会場に行けばいいわけではない。

「去年より、練習時間も必要ですよね」

「そうなるわね。……まあ、ちょうどよかったのかな」

最後はひとりごとのようだった。

どういう意味だろうと首をかしげる聖奈に、マネージャーが真面目《まじめ》な顔で言う。

「わざわざこんなこと言わなくても、聖奈はよくわかってると思うけど……あなたはいま、大事な時期なの。読モで終わるか、その先に進めるか、今年の夏が勝負どころよ」

とっさに返事ができなかった。


言葉が出てこなかったのは、予想外のことを言われたからじゃない。

マネージャーの言う通り、聖奈もよくわかっていた。

これまでも読モという枠《わく》から飛びだすように、雑誌以外の仕事もたくさんしてきた。

だがいま、経験したことのないような追い風《ふ》が吹いている。

それこそ「読モで終わるか、その先に進めるか」の分岐点《ぶんき》にさしかかっているのだろう。

(だけど、でも……本当に？　私が？)


いつからか、読モの「その先」を目指していた。

でも視界はぼんやりとしていたし、あこがれはあこがれだと思う自分もいた。

けれどいま、その夢に手が届くかもしれないと言われ、すぐには信じられずにいる。

だってそれくらい、遠い場所だと思ったのだ。


「この時期は、これまで以上に目の前の仕事をがんばるのはもちろん、いろんなことを練習して、自分を磨《みが》かなきゃダメよ。それと、これが一番のポイントなんだけど……」

そこまで言って、マネージャーがすうっと深呼吸する。

聖奈は緊張しながら、続きを待った。

「これからはもっと、プロとしての自覚を持ってちょうだい。仕事への取り組み方もそうだけど、ふだんの生活態度も見られていると思いなさい」

「……どこで誰《だれ》が見てるかわからない、ですよね」

マネージャーがいつも口を酸《す》っぱくして言っていることだ。

わかっているとうなずく聖奈に、マネージャーは難しい顔のまま続ける。

「そうよ。恋《こい》をするなとは言わないけど、もし彼氏ができたとしても、しばらくは周囲に知られないように気をつけないとね。相手に迷惑《めいわく》をかけてしまう場合だってあるんだから」

頭を辞書で殴《なぐ》られたような衝撃《しょうげき》が走った。

自分が好きになったことで、翠に迷惑をかけてしまうとは思いもしなかった。

もちろん可能性の話ではあるけれど、ないとは言い切れない。

（……秘密の恋、なんだ）

夏休みに入ったら、しばらく翠には会えない。

それをさびしく思っていたけれど、かえってそのほうがよかったのだ。

数時間前、補習が終わった教室で「もしよかったら、夏休みにどこかふたりで出かけませんか？」などと誘《さそ》っていたら、大変なことになっていた。

（いまは仕事に集中する！　それで、いいんだよね……）

本当に？

本当にそれでいいの？

後悔《こうかい》はしない？

小石を川に投げたように、問いかけで心のなかが波打った。

自分のことなのに答えられず、聖奈は視線を落とす。

マネージャーが言う「しばらく」とは、いつまでのことだろう。

もしかしたら高校卒業後も続くかもしれない。
そう考えたら、いてもたってもいられなくなった。
夏休みに、翠を誘ってどこかへ出かけたい。
それが聖奈の本音だった。
そうして、高校最後の思い出をつくるのだ。
翠に迷惑をかけないためにも、自分だとわからないように変装して行こう。
（一度だけ……一度だけなら、いいかな？）
聖奈は、ぎゅっとワンピースのすそをにぎりしめる。
翠への好きという気持ちが、これ以上、体からこぼれだしてしまわないように。

✦ ✦ ✦ ★☆★ ✦ ✦ ✦

一学期の終業式は金曜日だった。

やれ大掃除《おおそうじ》だの、やれ教科書を持ち帰れだのと肉体労働が続き、すでにくたくただ。

七月上旬《じょうじゅん》の期末テストはなんとか赤点なしで乗り越《こ》えたものの、軽音楽部内の不協和音はいまもなお続いていて、頭痛の種だった。

だが翠の頭を何より悩《なや》ませているのは、自分の不甲斐《ふがい》なさだ。


（結局、昨夜《ゆうべ》も連絡《れんらく》できひんかったあああー……）


朝のさわやかな空気とは真逆のため息が、だらしなく開いた翠の口からこぼれる。

原因は、聖奈と連絡先を交換《こうかん》して以来、まだ電話もメールもできていないことに尽《つ》きた。

昨夜もスマホをにぎりしめたまま部屋のなかをうろうろと歩き回って、一階のリビングにいた両親にあきれられたぐらいだ。


（成海、今日は乗ってくるやろか）


聖奈は相変わらず仕事が忙《いそが》しいらしく、水曜日、木曜日と電車で会わなかった。月曜日と火曜日も途中《とちゅう》で帰って行ったから、ほとんど会話らしい会話はできていない。

そのうえ、明日《あした》からは夏休みがはじまる。

夏休みの間、一度くらい会えたらと思っていたけれど、やはり難しいだろうか。

彼女の予定を確認《かくにん》する意味でも連絡をとりたいのだが、勇気が出ずに通話ボタンも送信ボタンも押せず、時間だけが過ぎていった。

電車が速度を落とし、少しずつ傾《かたむ》いていく。
（……ああ、もうすぐ八時七分か）
今日も時間通りに、車両が二番ホームへと入った。
（成海、今朝は電車に乗ってるやろか）
ドアが開くと同時に、翠は期待と緊張《きんちょう》に突《つ》き動かされるようにして、顔を上げた。
いた。今朝はあかりと一緒《いっしょ》だ。
聖奈の姿を見つけ、どくんと鼓動《こどう》が跳《は》ねる。

ブー、ブブー。
タイミングがいいのか悪いのか、ズボンのポケットのなかのスマホが振動《しんどう》した。
根拠《こんきょ》なんてないのに、予感がする。
翠は迷わずスマホを取りだし、画面を確認した。

（当たった！　成海からや）
ドキドキしながらアプリを起動し、トーク画面を呼びだす。

『次の日曜会えますか？』

思わず画面を二度見してから、さりげなく視線を隣に投げた。
聖奈はドアの前に立ち、手元のスマホをにぎりしめ、じっと画面を見つめている。
耳が、首が、赤く染まっていないだろうか。
予想外の光景に、翠は口を半開きにして固まった。

（そういえばたしか、古典の補習受けたときも……）
あのときも聖奈は「夏休み」と言っていなかっただろうか。
もしかして、もしかするのだろうか。

（って、飛躍《ひやく》しすぎやろー）
冷静になれ自分、と心のなかで繰《く》り返す。

聖奈とは連絡先を交換しただけだ。ただのクラスメイトから友人へと前進しはじめたのかもしれないが、それでもスタートラインに立てたばかりだろう。

(日曜に会えるかどうか聞かれただけやし、ほかのやつにも声かけとるかもしれへんし!)

翠はふるふると頭を横にふり、メッセージを返した。


『よろこんで』


すぐに既読《きどく》がついた。

そうかと思うと、聖奈からさらにメッセージが送られてくる。


『遊園地行きませんか?』


(ゆうえんち? 遊園地!? あ、そか、見間違《みまちが》いやんな)

朝だから、まだ頭が働いていないのだろう。

翠は目をこすり、改めて手元のスマホに視線を落とした。

スイーツTOP10
聖奈の
着回し1週間
夏のデートスポット

(嘘《うそ》やろ？　遊園地や、ホンマに遊園地って書いてある……)
それでも半信半疑の翠は「なななんやて⁉」というスタンプを送り返す。
だがその直後、なめらかにキーボードをタップしていた。

『行きます！』
『やったー☆　楽しみにしてます♡』
翠はにやつく口元を片手で隠《かく》しながら、スタンプを送る。
既読がついたタイミングで、翠は何げなく聖奈へと視線を向けた。
すると聖奈もスマホから顔を上げ、こちらをふり返った。
一瞬《いっしゅん》だけ、ふたりの視線がぶつかる。
すぐにぱっと顔をそらしたけれど、肩《かた》を揺《ゆ》らすタイミングは同時だった。
(目の前におるのに、スタンプで会話しとる……)
きっと聖奈も同じことを思って笑ったのだろう。
それがまたくすぐったくて、翠の頬《ほお》はゆるみっぱなしだ。

（なんかこれ、ええ雰囲気《ふんいき》なんちゃう？）

翠はスマホをにぎりしめたまま、コツンと窓に頭をもたせかけた。

窓の外には澄《す》んだ青い空が広がり、真っ白い雲が浮《う》かんでいる。

高校最後の夏が、すぐそこまでやってきていた。

日曜日も会いたいけれど……
大好きになっていいかな――？

audition 5 ~オーディション5~

★audition 5 ✦～オーディション5～✦

夏休みに入って最初の日曜日は、快晴だった。
太陽の下、じりじりと肌《はだ》が焼けていくのを感じながら、翠はぐっと唇《くちびる》を噛《か》みしめた。
(あかん。少しでも気ぃ抜《ぬ》くと、頬がゆるみきってエライことになる……)
ひさしぶりの遊園地に浮かれているわけではない。
もちろんそれなりにテンションは上がるが、一番の理由は別にある。
そう、となりを歩いている人物に。
何げないふうを装い、翠はちらりと左どなりを見やる。
そこにいるのは、私服姿の聖奈だ。
黒のキャップを目深《まぶか》にかぶり、真剣《しんけん》な表情で園内のパンフレットを読みこんでいる。

（これ、夢なんかな……？）

まるで実感がわかなくて、親指とひとさし指で思い切り頬をつねってみる。

痛い。だいぶ、かなり、結構痛い。

信じられないけれど、やはりこれは現実のようだ。


『次の日曜会えますか？』

聖奈からそんなメッセージが届いたのは、先週の金曜日。

一学期の終業式の朝、同じ電車に乗っているときだ。

翠は「よろこんで」と返し、すぐに行き先と集合時間が決まったのだった。

怒濤《どとう》の展開に驚《おどろ》いたけれど、メッセージをやりとりした翌日、つまり昨日の朝、どうしてそこまで聖奈が急いでいたのか理由がわかった。

ヒロインの親友として、とある映画に出演することが決まったからだ。

そのことを翠が知ったのは、母親が見ていた朝の情報番組でのことだった。

朝食を食べながらぼんやりと眺《なが》めていると、テレビに聖奈の写真が大きく映しだされた。

そして「成海聖奈、銀幕デビュー」のテロップ。

(不意打ちすぎて、危《あや》うくトーストをふきだすとこやったわー……)

アナウンサーは「この夏から撮影《さつえい》がスタートするそうです」と言っていた。

夏休みで授業がない分、ふだん以上に仕事を詰《つ》めこんでいるだろうし、もしかしたら今日以外、しばらくオフの日がないのかもしれない。

(売れっ子なんやなあ)

周囲の目を気にしてか、聖奈はいつもと雰囲気が違《ちが》っていた。

学校では長い髪《かみ》をふたつに結んでいることが多いけれど、今日は一本にまとめている。

ハニワ堂のプリンのCMでもふたつ結びだったし、聖奈のトレードマークのような印象があったから、髪型が違うだけでもずいぶん印象が違う。

(それになんや、服もイメージと違うっちゅーか……)

遊園地の敷地《しきち》内を歩き回ったり、いろんなアトラクションに乗ることを考えれば、七分丈《たけ》のカーゴパンツにTシャツ、薄手《うすで》のカーディガンというコーディネートはぴったりだろう。

だが、いわゆる「かわいい系」とは違うはずだ。

翠はあまり女子のファッションに詳《くわ》しくないし、聖奈の私服なんてほとんど見たことがないけれど、それでも「こういう系統の服も着るんやな」と意外に思った。


(もしかしてあのキャップも、顔を隠すアイテムなんか?)

そう考えれば、マスクにも説明がつく。

朝、電車のなかで見たときは、てっきり風邪《かぜ》でもひいたのかと焦《あせ》った。

けれど聖奈は、苦笑《くしよう》しながら「ううん、これは予防のためで……」と言っていた。

芸能人ともなると体調管理も徹底《てってい》しているのだなと納得《なっとく》したし、感心してもいたのだが、実際はそれだけが理由ではなかったのかもしれない。

(たしかに、ぱっと見は成海ってわからんようになっとるわ)

それだけ気をつかいながら、どうしてわざわざ遊園地を希望したのかが不思議だった。

ひとが多ければ多いほど、見つかりやすくならないだろうか。

もしくは逆に、人混《ひとご》みのなかにまぎれたほうが見つかりにくいはずだ、と狙《ねら》ってのことなのかもしれない。

「なあ、なる……」


成海と呼びかけようとして、翠はすんでのところでのみこんだ。

名前を呼んでしまっては、せっかくの変装も意味がない。

ちょっと変わった苗字《みょうじ》だし、キャップで顔を隠《かく》すようにしていても、聖奈のかわいさはどうしたって周囲に漏《も》れてしまう。ヒントが増えれば、発見される確率も高くなるだろう。

「濱中くん？」

パンフレットから顔を上げ、聖奈がきょとんと首をかしげる。

（うあああ、かわいい！　反則や！）

「ン、ンン……ッ」

翠は叫《さけ》びだしそうになるのを、なんとか咳払《せきばら》いでこらえた。

だがとても聖奈を見られそうになく、ぱっと顔をそらす。

「……い、いい天気ですね」

「え？　あ、はい、晴れてよかったです」

なぜか敬語になった翠に、聖奈もつられたらしい。

なんだかくすぐったくて、ふっと苦笑がもれる。

（笑えるわー。けどいまの俺たちには、こんくらいの感じがええんかもな）

そう考えたら、すとんと胸のつっかえが下りた気がした。

（なんや俺、無意識に焦ってたんか……）


思えば、聖奈と話せるようになったのはつい最近のことだ。

しかもまだまだぎこちない感じで、同じ女子でも夏樹や野宮たちのようには気軽に話せないし、下手をしたら沈黙《ちんもく》している時間のほうが長いかもしれない。

（メールやなんかだと、気ぃ張らずに話せるんやけどなあ）

聖奈のほうは、どうなのだろう。

今日にしたって、どういうつもりで自分を誘《さそ》ってくれたのだろうか。

一対一で遊園地に遊びにいくなんて、まるでデートみたいだ。

（ん？　デート……？　えっ、なんや、これ、デートやったんか⁉）

いやいやまさかと頭をふるけれど、高鳴る心臓はごまかせそうになかった。

翠はそれとなく顔を戻《もど》し、ちらりと聖奈に視線を送る。

偶然《ぐうぜん》にも彼女もこちらを見ていたようで、ぱちりと目があった。

「ちゃ、ちゃうねん！　いまのは、その……」

翠は、わたわたと顔の前で手をふり回す。

聖奈の前に立つと、いつもこうだ。動揺《どうよう》して、声が出なくて、カッコ悪い。

けれど聖奈は、そんな自分をやさしく受け止めてくれるのだ。

いまだって不思議そうな表情を浮《う》かべつつ、じっと翠の言葉を待っていてくれる。

「……今日、なんで誘ってくれたん？」

短くはない沈黙のあと、翠はぽつりとつぶやいた。

髪からこぼれた汗《あせ》が、首筋を伝っていく。

うつむいた先には、下ろし立てのスニーカーが真っ黒な影《かげ》のなかにたたずんでいた。

「ごめんなさい！　濱中くん、遊園地キライだった？」

「へっ？」

予想外の言葉につられ、翠は反射的に顔を上げる。

「どうしよう」とつぶやく聖奈は青い顔だ。

「いや、キライじゃないで？　むしろスキなほうやけど……」

「本当？　よかったー。私、前に雑誌の撮影で来たんだけど、そのときは全然遊べなくて。だからまた近いうちに、今度はお客さんとして来たいなって思ってたの」

「……そら、そう思うわな」

翠の相づちに、聖奈が「うん」と微笑《ほほえ》む。

決定的だ。向こうにデートのつもりなんてなかったのだ。

（はい、勘違《かんちが》い！　勘違いでしたー！）

翠としては「どうして遊園地に誘ってくれたのか」ではなく、「どうして自分を誘ってくれたのか」と聞いたつもりだった。

けれど聖奈にしてみれば、ただ純粋《じゅんすい》に誘っただけだから、前者だと思ったのだろう。

(そりゃそやな。ひとりで行くよりは、ふたりのほうがたのしいに決まっとるし)

言わないだけで、あかりたちも誘った可能性だってある。

ただ、たまたま翠以外のメンバーの都合があわなかったのかもしれない。

(意識してたんは、俺だけかあ……)

それなりにショックはあるけれど、同時に仕方がないこともわかっていた。

何しろ、まだはじまったばかりの片想《かたおも》いなのだ。

やっと話せるようになったのだし、また時間をかけて距離《きょり》を近づけていけばいいだけだ。

気持ちを切り替《か》え、翠は聖奈とつかず離《はな》れずの距離で歩いていく。

最初は落ちつかなかったけれど、時間が経《た》つうちにだんだんとたのしくなってくる。

コーヒーカップを皮切りに、次々にアトラクションに乗った。

「次は、どれに乗りますか？」

昼近くになっても、ちょいちょい敬語が口をついて出た。

聖奈がくすくすと笑いながら、手元のパンフレットに視線を落とす。

記憶《きおく》をたどらなくても、どれに乗ったのかは一目でわかる。わざわざ聖奈が、ペンで星のマークを書きこんでくれているからだ。

（残っとるやつのなかだと、怪《あや》しいのは……）

「わかった、メリーゴーラウンドか」

「ジェットコースターで！」

「「え？」」

タイミングはまったく同じだったのに、発言内容は見事にバラバラだった。

思わずお互《たが》いの顔を見つめ、どちらからともなく笑いだした。

ちぐはぐだけど、たのしい。

そう思えることが、うれしかった。

（って、おおお!? まずい、まずいで、これ……）


ぐー、ぎゅるぎゅるぎゅる。


嫌《いや》な予感がしてすぐに腹筋に力をこめたけれど、容赦《ようしゃ》なく腹の虫が鳴いてしまった。

「い、いまのは、ちゃうねん！」

違《ちが》うって何がやねん。

自分で自分にツッコミを入れつつ、翠はぶんぶんと手をふり回す。

対する聖奈はきょとんと目を丸くしたのも束《つか》の間、顔をくしゃくしゃにして笑いだした。

めちゃくちゃはずかしかったが、聖奈の笑いをとれたのでよしとしよう。

よしとするしかあるまい。

「濱中くん、先にお昼ゴハンにしませんか」

「……いいですね」

聖奈の提案にうなずくと、Tシャツのそでが何かにひっぱられた。

気のせいかとも思ったけれど、くいくいっと遠慮《えんりょ》がちにそれは続いている。

なんだろうとふり返り、翠は文字通り呼吸が止まった。

「あ、あの……お弁当、つくってきたんですけど、食べませんか?」

Tシャツのそでをつまんでいたのは、聖奈の指先だった。

うつむき加減のため、彼女の表情はうかがえない。

だが聖奈の顔が見られなくて残念だなと思うより、助かったという気持ちのほうが強かった。

もういまの状態で、心臓は爆発《ばくはつ》しそうだ。

(こんなんされたら、勘違いするやつが絶対出てくんで……っ)

「お、おおきに……」

ふるえる声で、なんとかそれだけ伝えた。

ぱっと顔を上げた聖奈の瞳《ひとみ》は、太陽の光を反射したようにキラキラと輝《かがや》いている。

それでまた翠の心臓が跳《は》ねた。

（平常心、平常心や！　たしかこういうときは、素数を数えれば落ちつくんやったか？　って、元ネタなんやったっけ……。あー、のどまで出かかってるんやけどなあ）

口のなかでぶつぶつとつぶやきながら、翠は聖奈のあとに続く。

向かった先は、芝生《しばふ》がまぶしい広場のようなスペースだった。

お弁当を持参するにあたって事前に調べてくれていたらしく、周囲のお客さん同様、レジャーシートまで用意されていた。

手を拭《ふ》くためのおしぼり、冷たい麦茶の入った水筒《すいとう》まである。

（あかん、成海におんぶに抱《だ》っこやん……）

翠ができたのは、木陰《こかげ》に場所をとり、シートを広げることくらいだ。

だが聖奈はまったく気にした様子がなく、むしろ「勝手につくってきちゃって迷惑《めいわく》じゃなかったかな？」などと言いだす始末だった。

（成海、どんだけええヤツやねん！）

「ちゃんと味見もしたから、大丈夫《だいじょうぶ》だと思うんだけど……」

遠慮がちに言いながら、聖奈が二段重ねのランチボックスのふたを開ける。

上の段にはおかずがぎっしりと詰《つ》まり、下の段には色とりどりのおにぎりが並んでいた。

「あっ、からあげ！　ハンバーグ！　エビフライもあるやん」

どれも翠の好物だ。

うれしくなって、つい大きな声になる。

「よかった、好きなものがあったみたいで」

「あったどころやない、好きなもんばっかや！　成海って、エスパーやったんか」

冗談《じょうだん》半分のひとことに、聖奈もくすりと笑ってくれる。

「エスパーっていうより、探偵《たんてい》かな」

「探偵？」

いったい、どういう意味だろうか。

翠が首をかしげる一方、聖奈はあっと自分の口を押さえた。

言いすぎた、と言わんばかりの態度だ。

「教えてーな、気になるやん」

「えっと、その……濱中くんが教室でお昼を食べてるときとか、家庭科の調理実習のときとかに、何を食べてるときがうれしそうだったかなって思いだして……」

「へっ？　それって、つまり……」

つまり、聖奈が自分のことを見ていたということだ。

こうやって好きな食べものばかり、つくってきてくれるくらいに。


「……っ」

ぶわっと顔が赤くなるのがわかり、翠も自分の口元を手で覆《おお》い隠《かく》した。

こんなにも暑いのは、夏の太陽のせいだけじゃない。

しあわせすぎて、めまいを覚えそうだ。


「い、いただきます！」

翠はパンッと両手をあわせ、ありったけの感謝の気持ちをこめて言った。

最初に箸《はし》をのばしたのは、一番の好物であるからあげだ。

「……どうですか？」

「めっちゃうまい！　うまいとしか言えへんけど、うまい！」

「あはは！　たくさんあるから、いっぱい食べてね」

すでに二個目に箸をのばしていた翠は、リスやハムスターのように頰《ほお》をふくらませながら、こくこくとうなずく。

聖奈も食べないのかと視線でうながすと、ようやく彼女も箸を手にとった。

「濱中くんは、ほかにもどこか行くの？」

「夏休み中に？　そやなあ……ホンマはバンドの練習がしたいんやけど、なかなかなあ」

「バンドって、軽音楽部の？」

「せやせや。今年も文化祭でライブをやるっちゅー話になっとんのやけど、俺らも高三やん？　残りのメンバーが就活やら受験勉強やらで、時間とるのが難しいらしくてなあ」

言いながら、ずしりと気が重くなっていく。

演奏するのは五曲ではなく三曲に減らして、そのうち一曲はオリジナルをやろう。

そう提案した翠に、メンバーの反応はかんばしくなかった。

夏休み前に何度か話しあったけれど、鈴木と隈は首を縦にふってはくれなかった。

バイトで部活を休みがちだった広道が合流してからも結論は変わらず、今年はまだ練習の日程さえ決まっていない状態だ。


「あいつらの言い分も、わからんわけじゃないねん」

翠は苦笑《くしょう》まじりにつぶやく。

「プロを目指しとるわけでもないんやったら、貴重な高三の夏休みをつこーてまでバンドの練習なんかしとる場合じゃないって。それで合格するわけちゃうしな」

「……濱中くんは？」

「ん？」

「濱中くん自身は、どう思ってるの？」

まっすぐな聖奈の瞳に射貫《いぬ》かれる。

翠は驚《おどろ》きながらも、その視線を正面から受け止めた。

「俺はただ……好きなことを、いましかできないことを、全力でやりたいだけや」

言葉にしてから、翠はざわついていた心が凪《な》いでいく気がした。

（ああ、そうか……俺はそんなふうに思ってたんか……）

聖奈はといえば、どこかうれしそうに笑っている。

「私ね、今度映画に出ることになったの」

いきなり話が飛んだなと思いつつ、翠はうなずく。

「そのニュース、昨日テレビで見たわ。ヒロインの親友役やっけ」

「うん。残念ながらヒロインには選ばれなかったんだけど、オーディションを見ていた監督《かんとく》に推薦《すいせん》してもらったの。笑顔がよかったから、って」

オーディションに落ちて、悔《くや》しくないわけがない。

だが聖奈の表情は、今日の空のように雲ひとつなく晴れ渡《わた》っていた。

「がんばっていれば、見ていてくれるひとがいるんだよね」

聖奈がどういうつもりで言ったのか、翠にはわからない。

けれどいまの自分にとって、必要な言葉だったのは間違《まちが》いなかった。

(……成海の言う通りや。いましかできないことを全力でやりたいって、口だけやん。ふてくされる前に、俺ががんばらんと意味ないんや)

脳裏《のうり》に、軽音楽部のメンバーの顔が浮《う》かんでくる。

文化祭のライブをめぐって彼らとの温度差に凹《へこ》んでいたけれど、その間、翠がしたことといえば、ただ三人に主張をぶつけるだけだった。

(それじゃあ、あかんかったんやな)

彼らにも同じだけの「熱」を望むのなら、まずは自分が全力でたのしむことだ。

その姿を見せてはじめて、彼らの心を動かせるのではないだろうか。

「文化祭までに、めっちゃカッコええ曲つくっとくから、ライブ絶対に見にきてな」

ありがとうと言う代わりに、翠は口角を持ち上げた。

聖奈も、にっこりと笑い返してくれる。

「たのしみにしてるね」

「おう！」

翠はうなずきながら、頭がものすごいスピードで回転しはじめるのを感じた。

曲をつくろう。

あの三人が思わず演奏したくなる曲を。

そして聖奈を、聴《き》いてくれたひとを、笑顔にできるような曲を。


ランチボックスがきれいに空っぽになる頃《ころ》、やけに周囲の視線が刺《さ》さるようになった。

翠がそろりと様子をうかがうと、一斉《いっせい》に視線をそらされた。

もしやこれは、と嫌《いや》な予感が走る。

「ねえねえ、あそこにいるのって本人かな？」

「あー、キャップかぶってる子？　たしかに、横顔とかちょっと似てるね」

二人組の女子がひそひそと話す声が聞こえてきた。
彼女たちの視線の先にいるのは、聖奈だ。
（やっぱりか！　ここにいるのが成海だって気づかれたんちゃう？）

どうしたものかと聖奈を見ると、本人はいたって冷静な顔だった。
翠と目をあわせながら、ひとさし指を唇《くちびる》にあてて「しーっ」とささやく。
（か、かわえぇー！　なんやねん、いまのはあああ⁉）

叫《さけ》びだしたい衝動《しょうどう》をなんとか抑《おさ》え、翠はこくこくと首を縦にふる。
聖奈はほっと胸をなでおろし、てきぱきとランチボックスを片づけはじめた。
翠も慌《あわ》てて腰《こし》を上げ、聖奈を手伝った。

店じまいをはじめたにもかかわらず、自分たちに向けられる視線は増えていく。
気にしなければいいだけなのだろうが、どうしたって焦《あせ》ってしまう。

（成海のやつ、いつもこんな感じなんか……）

聖奈も読モとして活動している以上、注目されるのが嫌だとは言わないだろう。

だがこうしてカメラがない場所でも視線を注がれ続けることを、はたして本人はどう思っているのだろうか。

「よし、終わり！」

芝生《しばふ》にしゃがんで荷物をまとめていた聖奈が、軽くひざをはらいながら立ち上がる。

翠も我に返り、慌てて手をさしだした。

「それ、持つわ」

「えっ！　そんな、悪いよ」

「ここまでずっと持たせっぱなしだったんやし、これくらい……」

気にすんなや。

そう続くはずの言葉は、ぶわりと吹《ふ》いた風によってさえぎられた。

「「あっ」」

思わず、ふたりの声が重なった。

聖奈が目深《まぶか》にかぶっていたはずのキャップが、宙に舞《ま》っていたからだ。

「待て待てーいっ」

翠は一目散に追いかけた。

キャップは風に運ばれ、芝生の上をころころと転がっていく。

「追いつい、た!」

翠はキャップをひろい上げ、くるりと聖奈をふり返る。

「ゲットしたでぇー」

「わあ! お姉ちゃんの髪《かみ》、お姫《ひめ》さまと同じ色だー」

翠の声をかき消すように、はしゃいだ声があたりに響《ひび》いた。

見れば、小さな女の子がぴょんぴょん跳《は》ねながら、聖奈を指さしている。

「ほら、やっぱり似てない?」

「もしかして、ハニワ堂のプリンのCMに出てる子？」

顔を隠《かく》すものがなくなった聖奈は、すっかり注目の的だ。

さきほどからウワサしていた女子二人組をはじめ、お弁当に夢中になっていた家族連れから、広場を通りかかったひとたちまで、にわかにざわめきだした。

（あかん！　完全にバレる前に、なんとかせんと……っ）

翠は聖奈に駆《か》け寄り、問答無用でキャップをかぶせた。

そのまま手をつかみ、逃《に》げるように走りだす。

前だけを見て、必死に足を動かした。

誰《だれ》か追いかけてきていないだろうかと、ふり返ってたしかめるのが怖《こわ》かった。

もっと、もっと遠くへ。聖奈の正体がばれない場所まで。

頭のなかは、それだけだった。

やがてジェットコースターが見えてきて、翠はそこでようやく冷静になってきた。

「こ、ここまで来たら、もうだいじょ……」

（大丈夫《だいじょうぶ》やない！）

翠は息を整えながら聖奈をふり返り、思わず叫びそうになる。

手をつないでいたのだ。

聖奈と。


「わ、悪い！　急いで逃げなって思って、とっさに……」

翠は、慌てて手をふりほどく。

一方の聖奈は全力疾走《しっそう》させてしまったせいで、まだ肩《かた》で息をしていた。


（俺はバカか……）

少し考えればわかることだ。

翠が好き勝手に自分のペースで走り続ければ、どうしたって聖奈に負担がいく。

緊急《きんきゅう》事態で焦っていたとはいえ、いくらなんでも考えなしだった。

あの場をどうにかできればよかっただけで、わざわざ広場からここまで、延々走って逃げてくる必要はなかったはずだ。

「ごめん。どっか座って休もか」

「……ううん、平気」

聖奈は汗《あせ》をぬぐいながら、ゆるく首をふる。

そして翠が何か言うより先に顔を上げ、まっすぐにこちらを見つめた。

「今日はもう帰るね」

「えっ」

なんでなん。

そう聞き返したかったのに、驚《おどろ》きすぎて音にならなかった。

何も言えずに棒立ちの翠をどう思ったのか、聖奈が「急にごめんね」とつぶやく。

「このままだと、濱中くんに迷惑《めいわく》かけちゃうかなって」

「迷惑とか、そんなん思うわけないやろ」

「……ありがとう」

聖奈はそれ以上、何も言わなかった。

翠もかける言葉が見つからず、結局、退園ゲートへと足を進めるしかなかった。


その後、どうやって家まで帰ったのかよく覚えていない。

気がついたときには、自室のベッドにぼうっと横たわっていた。


「ごめんね、ってなんでやねん」


聖奈が悪いわけではないのに、どうして彼女が謝るのだろう。

(俺も芸能人やったら、こんなことにはならんかったんかな……)

ふと、そんなバカみたいなことを思った。

昼間のように、ほかのお客さんにどちらかの正体がバレてちょっとした騒《さわ》ぎになっても、お互《たが》いさまだからと笑いあえていたかもしれないと。


しかし実際には聖奈だけが芸能人で、翠はただの高校生だ。

「不釣《ふつ》り合い」で「秘密」の恋《こい》。

聖奈への片想《かたおも》いには、そんなラベルが貼《は》られている。
わかっていたつもりだったけれど、今日改めて現実をつきつけられた形だ。
（けど、しゃーないやん。好きなもんは好きなんやから）
捨てられるものなら、あきらめられるものなら、とっくにそうしていただろう。
だがどんなに苦しくても切なくても、翠の心から出ていってくれない。
いまさら聖奈を好きだという気持ちに嘘《うそ》はつけなかった。
『文化祭までに、めっちゃカッコええ曲つくっとくから、ライブ絶対に見にきてな』
まぶたを閉じると、昼間、聖奈に約束した言葉がよみがえってくる。
そうだ、その手があった。
翠はがばりと起き上がり、ギターケースへと駆け寄る。
「……文化祭ライブ用の新曲は決まったな」

「不釣り合い」で「秘密」の恋でも、せめて想いだけは伝えたい。

だから歌にすべてをこめるのだ。

✦ ✦ ✦ ★ ☆ ★ ✦ ✦ ✦

八月一日、勝負のときがやってきた。

翠がギターのセッティングを終える頃《ころ》、三人が時間通りに視聴覚室《しちょうかく》へ現れた。

全員、なんともいえない表情を浮《う》かべている。

それはそうだろう。翠はあえて、今日ここに呼びだした理由を告げなかったのだから。


「よお、待っとったで」

ドアの前に立ち尽《つ》くしている三人に向かって、翠はひらりと手をふる。

最初に動いたのは、翠と同じくギター担当の鈴木だった。

「……ギター抱《かか》えて、弾《ひ》き語りでも聞かせてくれるわけ？」

そう言って苦笑《くしょう》する鈴木の後に続き、ドラム担当の隈とベース担当の広道も、窓際《まどぎわ》にたたずむ翠のもとへとやってくる。

「おう、できたてホヤホヤやで！」

「えっ？　まさか、それって……」

戸惑《とまど》う三人に、翠はにやっと笑ってみせる。

ここから先は、言葉で伝えるよりも実演してみせたほうがいいだろう。

マイクの前に立つときのように、そっと目を閉じる。

緊張《きんちょう》や不安、いろんなものを吐《は》きだすように深呼吸をして、ピックをつかみ直した。


（届け……！）


イントロを弾きはじめると、三人の顔つきがおもしろいくらいに変わった。

いつも翠が即興《そっきょう》を披露《ひろう》するときに弾いているような、リズムを取るためだけの伴奏《ばんそう》ではないと気づいたのだろう。

この曲は、ライブで演奏するために翠がつくったものだ。

聖奈と遊園地に出かけた日の夜から、寝《ね》る間も惜《お》しむように向きあってきた。

(作詞作曲すんの生まれてはじめてやったから、だーいぶ苦労したけどな)


誰《だれ》かの真似《まね》じゃなく、自分のなかから出てくる音。

翠のそれはまだ小さすぎて、何度となく聞き逃《のが》してしまいそうになった。

それでもあきらめずに、いま誰かに聞いてほしいこと、自分が思うロックらしさを目一杯《めいっぱい》詰めこんで、今日のために仕上げてきた。


できあがったのは、疾走感《しっそうかん》にあふれる恋の歌だった。

歌のなかの「彼」が言う。

たとえ「彼女」と不釣り合いだとわかっていても、あきらめられる気持ちじゃない。

だから、一歩ずつ近づいていくのだ。

「彼女」の理想のひとに。

最後の一音を奏《かな》でると、視聴覚室にしんと沈黙《ちんもく》が落ちた。

三人とも、ぼうぜんと立ち尽くしている。

（あかんかったかな？　手応《てごた》えあった気ぃしたんやけど……）

翠がギターを近くの机に置くと、そこでようやく鈴木が口を開いた。

「翠、ひとりでつくったんだ……」

「まあな。土台があったほうが、ええやろなって」

「……ごめん」

鈴木に続くように、隈と広道も口々に「悪かった」「ごめんな」とつぶやく。

（そんなん、俺やって……）

「湿《しめ》っぽいのはやめや、やめ！」

うるんだ目をごまかすように、翠は勢いよく頭をふる。

涙《なみだ》は飛ばなかったけれど、ひっこみはしたはずだ。

「いまの曲、自分らも弾きたくなったやろ？」

自信満々にたずねれば、三人がそろってうなずいた。

「そうだね。アレンジについて、話しあいが必要かなって思ったけど」

「落ちサビも、もっと盛り上げられるんじゃん？」

「俺もそれ思った。直前で一回下げたほうが、ぐぐっとくるんじゃないか」


ずびっと、翠の鼻が鳴る。

口々に意見を言う彼らの姿に、また涙腺《るいせん》が刺激《しげき》されてしまった。

涙もろすぎだと気恥《きは》ずかしくなる反面、今回ばかりは仕方がないのもわかっている。

翠がずっと望んでいた「熱」がそこにあるからだ。


「あと一番の課題は、歌詞なー。なんで後半、好きだしか言ってないの？」

「好きだ以外にも歌詞あるわ、ボケェ！」

翠のツッコミに、鈴木が「うーん」とうなる。

「好きだ、好っきゃねん、アイラブユーだっけ？」

「はい、却下《きゃっか》」

すかさず限と広道にばっさりと切られ、翠は「ぬぐう」と妙《みょう》な声が出てしまった。

それで三人が笑いだして、完全にいつもの空気感が戻《もど》ってきた。

（けど全部が全部、これまでと同じわけやない）
確実に新たな一歩を踏《ふ》みだしたのだ。
自分も、ほかの三人も。

『卒業までに、たくさん青春してくださいな』
始業式の日に聞いた明智の言葉が、ふっと脳裏《のうり》を横切る。
あのときは、いきなり「青春」だなんて言われて全然ピンとこなかった。
けれど、いまは。
（もしかしたら青春って、こんな感じなんかな）
いまだったら、ギターを手にどこまでも走っていけそうな気がした。
このメンバーと一緒《いっしょ》に。

今年の夏は、いつも以上にあっというまに過ぎていったように思う。

映画の撮影《さつえい》とともに、聖奈の高三の夏休みが終わった。

二学期がはじまった以上、仕事漬《づ》けの日々も終わりだ。

とはいえ、いつまでも夏休み気分をひきずっているわけにもいかない。

こうやって職員室前の廊下《ろうか》を歩くだけでも、首のうしろにじんわりと汗《あせ》をかいている。

例年以上に残暑が厳しいらしく、余計にそう感じるのかもしれない。

（まだ全然暑いから、九月って感じがしないなあ）

（レポートも全部提出できたし、次は中間テストだ……！）

夏休みに、ほかのひとより多めに課題をだしてもらったけれど、それでも出席日数がギリギリになってしまう聖奈にとって、試験の結果は命綱《いのちづな》だ。

今回もあかりたちに協力をお願いし、苦手な科目を教えてもらうことになっている。

（……濱中くん、どうしてるかな）

夏休み中、メッセージアプリを通じてのやりとりは何度もあった。

同じバンドが好きなことがわかって、どの曲が好きか語りあったり。撮影中に見かけた猫《ねこ》の親子や、おいしかったデザートの写真を送ったり。

何げない日常を共有しあえるのは、本当に楽しかった。

けれどその一方で、メッセージを送るたび、翠に会えないさびしさが増していった。

顔を見られたのも、声を聞けたのも、一緒に遊園地に行ったあの日が最後だ。

その遊園地でも、途中《とちゅう》でファンに気づかれそうになり、逃《に》げるように立ち去った。バレなくてほっとしたけれど、単に運がよかっただけだ。

「秘密の恋《こい》」だとわかっていた。

だから高校最後の思い出のつもりで、たった一度きりと決めて誘《さそ》ったのだ。

なのに、いまも考えるのは翠のことばかり。

彼のまぶしい笑顔《えがお》が、ほがらかな笑い声が、頭から離《はな》れずにいる。

撮影の休憩《きゅうけい》中、次の現場に移動するちょっとした時間。
家に帰ってお風呂《ふろ》に入っているとき、ベッドに横になって目を閉じた瞬間《しゅんかん》。
毎日ふとしたときに、翠の笑顔に会いたくなってしまう。

そうやって日を追うごとに、どんどん気持ちが育っていった。
遊園地で並んで歩けてうれしかったけれど、本当はもっと一緒にいたかったとか。
ふたりで、ほかにもいろんなところに行ってみたかったとか。
際限なく、あれこれ考えてしまうのだ。
(……言葉にださないなら、想像くらいしてみてもいいのかな)

「あれ、聖奈ちゃん?」

階段の前までやってくると、ふいに誰《だれ》かに名前を呼ばれた。
この声は、美桜だ。
ぱっと顔をそちらに向けると、案の定、にこっと笑った彼女と目があった。

「美桜ちゃん！　部活は休憩中？」

「そうなの。冷たいお茶を買いに、体育館前の自販機《じはんき》まで行こうかなって」

「まだ暑いもんね」

うんうんとうなずく聖奈に、美桜が「そうだねえ」とおっとり微笑《ほほえ》む。

なんてことのない会話だ。

けれど何かが、意識の端《はし》にひっかかった。

(もしかして美桜ちゃん、ちょっと元気ないのかな？)

夏バテをひきずっている可能性もあるけれど、でも理由はもっと別の何かだ。

直感的にそう思った。

「……美桜ちゃん」

「あっ、いた！　おーい、成海ー」

聖奈の声をかき消すように、背後から靴音《くつおと》が近づいてくる。

ふりかえると、クロッキー帳のようなものを手にした春輝が走ってくるところだった。

「春輝君……」

美桜がぽつりとつぶやくのが聞こえた。

春輝の急な登場にびっくりしたのか、瞳《ひとみ》が揺《ゆ》れている。

「よかった、今日はまだ残ってたんだな……えっ」

対する春輝も、聖奈の肩越《かたご》しに美桜を見つけると途端《とたん》に目を丸くした。

ふたりはたしかに視線があっているはずなのに、どちらも無言で立ち尽《つ》くしている。

「……わっ、わー！　奇遇《きぐう》だね、芹沢も休憩中？」

気まずい空気を吹《ふ》き飛ばすつもりで、聖奈はできるだけ明るい声で言った。

だが春輝からの返答はなく、再び沈黙《ちんもく》が落ちる。

（やっぱり、わざとらしかったかなあ）

「休憩中っていうか、おまえを探してた」

息苦しい沈黙を破ったのは、春輝のほうだった。

そうかと思うと、言うことは言ったとばかりに、すたすたと歩きだした。

（いまのはどう聞いても、私に用があるってことだよね？）

肝心《かんじん》の用件も言わずに歩きだしたのは、ついてこい、という意味なのだろうか。

聖奈は一瞬迷ってから、階段をのぼりはじめた春輝の背中に声をかける。

「芹沢、どこ行くの？」

「ここじゃなんだから、ウチの部室まで行くぞ」

「えっ？　う、うん……」

思わず、うなずいてしまった。

もう少しこの場に春輝を留《と》めておきたかったのだが、こうなっては仕方がない。

聖奈は春輝の後を追いかけつつ、うしろ髪《がみ》をひかれるように美桜の様子をうかがった。

「…………」

美桜はぎゅっと唇《くちびる》を引き結び、足元に視線を落としている。

春輝も何も言わなかったけれど、ふたりの間に何かあったのは決定的だ。

(どうしたんだろう、ケンカしちゃったのかな……?)

「いま、映画撮《と》ってんだって？　ニュースで見た」

しばらく無言で階段をのぼっていた春輝が、おもむろにふり返って言った。

「あ、うん。でも私の出番はもう終わったよ」

「へえ、そうなのか……。現場、どんな感じだった?」

さらに質問が飛んできて、聖奈は目を瞬《またた》く。

どうやら美桜の前でなければ、いつも通りの春輝らしい。

(芹沢も映画を撮ってるし、気になるんだろうな)

実際、現場で見聞きしたことを話しだすと、春輝は興味津々《しんしん》の様子で目を輝かせた。

話に夢中になって、映画研究部の部室まではあっという間だった。

「それでね、最終日に監督《かんとく》から『また一緒《いっしょ》にやりましょう』って言ってもらえたの」

「すげーじゃん！　けど成海、芝居《しばい》続ける気あるのか？」

「……うん。セリフを覚えるのは大変だし、はじめは思ったようにしゃべれなくて泣きそうになったけど、すっごくたのしかったんだ」


撮影《さつえい》中は、毎日のように弱音をはきそうになった。

お芝居の経験にとぼしいのは聖奈だけで、リハーサルから失敗続き。何度もリテイクをだしてしまい、そのたびに共演者に迷惑《めいわく》をかけてしまう。

そんな日が続き、また失敗するかと思うと現場に行くのが怖《こわ》くなっていった。

最後まで逃《に》げずにいられたのは、翠との約束があったからだ。

『文化祭までに、めっちゃカッコええ曲つくっとくから、ライブ絶対に見にきてな』

そう笑いかけてくれた翠に、はずかしくない自分でいたかった。

途中《とちゅう》で投げだすことなく、全力でやりきって、それから会いにいきたかった。

「そんなにたのしかったんなら、軽音楽部のＰＶにも出る気ないか？」

「……え？」

「実はそれを言いたくて、探してたんだ。翠に、自分がつくった曲のＰＶを撮ってほしいって頼《たの》まれてさ。高校最後の文化祭だし、ガツンとぶちかましたいって」


あいつらしいよな、と春輝が笑う。

その目元には、うっすらとクマができているのが見える。

（映画研究部の新作だってあるのに、引き受けたんだ……）


「あ、出るって言っても、顔はわかんないようにするからさ！　そういうの、事務所がうるさいかもだし。遠くから映したり、後ろ姿とか、一瞬横顔が映るぐらいならアリ？」

それだったらと言いかけて、聖奈はぐっと息をのむ。

いくら春輝が注意して撮影、編集してくれたとしても、不特定多数のひとが見るのだ。

何かの拍子《ひょうし》に自分だとバレて、翠たちに迷惑がかからないだろうか。


「……ごめん、難しいかも」

「ふーん？　出たくないわけじゃないんだな」

「そ、それは……その……」

「ガツンとぶちかますなんてことができるの、文化祭が最後だろ？　PVに出なくても絶対に後悔《こうかい》しないって言うならいいけど、そうじゃないならちょっと考えてみて」

　いまこの場で返事しなくていいからさ。

　そうつぶやいて、春輝は手にしていたクロッキー帳をめくりだした。

　最初に開いたページには「軽音楽部PV用」という走り書きとともに、春輝が描《か》いたらしき絵コンテがあった。映像作品における、設計図のようなものだ。

　春輝はさらにページをめくっていく。

　先へ先へと進んでいくと、途中から絵の雰囲気《ふんいき》が変わった。

（なんだか美桜ちゃんの描く絵に似てるかも。あ、メモの字も……）

　そこまで考えて、はたと気がついた。

　このクロッキー帳は以前、春輝と美桜のふたりが、アイデアをだしあうときに使っていたのではないだろうか。

「自分の選択《せんたく》が間違《まちが》ってないかどうかなんて、頭で考えることじゃないのかもな」

クロッキー帳をぱたんと閉じながら、春輝が苦笑《くしょう》した。

それはひとりごとのような、自分に言い聞かせているような響《ひび》きだった。

けれど聖奈は、聞き返さずにはいられなかった。

「どうしてそう思うの？」

「ん。だってさ、理論武装してやらない理由を用意しちゃわないか？ なんて、俺が言えたことじゃないけど……」

春輝の言葉が、ぐさりと胸に刺《さ》さった。

（もしかして私、気づかないうちに予防線はってたのかな）

翠への想《おも》いは「秘密の恋《こい》」だから、迷惑をかけないようにしよう。

そう思う一方で、本当はただ怖かったのかもしれない。

「秘密の恋」だからとセーブせずに近づいて行って、翠に拒絶《きょぜつ》されたらどうしよう。嫌《きら》われてしまうより、距離《きょり》をとっていたほうがまだいい。

そんなふうに思っていなかっただろうか。

（マネージャーだって『恋をするなとは言わない』って……）

もし彼氏ができたとしても、しばらくは周囲に知られないように気をつけること。

でないと、相手に迷惑をかけてしまうかもしれない。

マネージャーはそう言って、聖奈に注意を促《うなが》していただけだ。

「秘密の恋」は、自分の気持ちに嘘《うそ》をつかなきゃいけないものじゃない。

「秘密の恋」だからと逃げていたのは、ほかならぬ聖奈自身だ。

聖奈はすっと顔を上げ、春輝をまっすぐに見すえる。

そして決意をこめ、きっぱりと言った。

「……芹沢、私、ＰＶに出たい」

勇気のテスト乗り越えなきゃ
逃げるなって……

audition 6 ～オーディション6～

★audition 6 ◆〜オーディション6〜◆

文化祭が一週間後に迫《せま》り、放課後の校内はどこもにぎやかだった。

慌《あわ》ただしく廊下《ろうか》を走るひと、トンカチやノコギリが立てる音、応援《おうえん》を呼ぶ声。

これぞ、祭りの気配だ。


(やっぱ一、二年は、盛り上がっとるなー)

翠は映画研究部の部室へと向かう途中で足を止め、ぼんやりと階下を見下ろした。

ほとんどの三年生は午前授業で、この時間まで残っているのは少数派だ。

春輝たちのようにまだ現役《げんえき》バリバリで自分の作品を仕上げているか、綾瀬のようにわざわざ部に残って後輩《こうはい》を手伝っているメンバーくらいだろう。


「あっ、翠! 早く早く、もうPV上映の準備できてるよー」

階段の上から蒼太の声が降ってきた。

見上げると、こちらに向かってぶんぶんと手をふっている。

「しゃーないやん。視聴覚室《しちょうかく》からこっち、遠いんやから」

翠は一段抜《ぬ》かしで階段を駆《か》け上がり、蒼太のとなりに並ぶ。

「はいはい。春輝と優も待ってるよ」

「え、優も？　あいつ、受験勉強はええんか……？」

「それ、本人の前では禁句ね。みんなからツッコまれまくってるからさ」

蒼太は苦笑しながら、「でもまあ」と肩《かた》をすくめる。

「いいんじゃない、優もたまには息抜《いきぬ》きしないと」

「息抜きなら、夏樹とすればええやん。ようやく告白したんやろ？」

「翠、その発言はなんかオヤジくさいよ……。あと、それも本人の前では禁句ね」

「なんや、散々おまえらでからかった後なんか」

ふたりでくだらない話をしていると、あっというまに部室の前に到着《とうちゃく》した。

蒼太が「入るよー」と声をかけ、がらりとドアを開ける。

次の瞬間《しゅんかん》、ドアの隙間《すきま》から、ひやりとした空気が流れ出てきた。

「…………」

「…………」

部室のなかでは、なぜか春輝と優がにらみあっていた。

ぴりりとした空気に、翠は思わず後ずさる。

(な、なんや?)

「ちょっとふたりとも、まだモメてるわけ?」

気まずい空気をものともせず、蒼太はあきれたように言う。

春輝も優も聞こえているはずだが、無言のまま、こちらを見ようともしない。

だが蒼太もふたりの返事など期待していなかったようで、すたすたと入っていく。

「僕、言ったよね？　新しく撮《と》ったテイクを使うのか、それとも前のを使うのか、翠を迎《むか》えに行ってる間に決着つけておいてって」

どうやら争点は、映画の編集方針をめぐるものらしい。
部外者の翠が口をだすわけにもいかず、成り行きを見守るしかなさそうだ。
(ったく、ふたりともガキやなあ……ん?)
ちらりと様子をうかがうと、心なしかふたりの口元が震《ふる》えているように見えた。
怒鳴《どな》りたいのを我慢《がまん》しているのだろうか。
それにしてはなんだか様子が変だ。というか、妙《みょう》だ。
あっと思ったときには、ふたりは小刻みに肩を揺《ゆ》らしだした。
「ははは!　ふたりして、ひっかかってやんのー」
「もちた、ぷりぷりしすぎだろ」
我慢していたのは、笑い声だったらしい。
春輝と優が腹を抱《かか》え、涙目《なみだめ》になりながら爆笑《ばくしょう》している。

「おまえらなあ……」

「やんなっちゃうよ、もう。ほんと、こどもだよね！」

文字通り「ぷりぷり」しながら、蒼太が近くの椅子《いす》に座った。

だが迷惑《めいわく》だという口ぶりとは裏腹に、その表情はうれしそうにも見える。


（まあ、気持ちはわからんでもないなあ）

少し前まで、春輝と優の雰囲気《ふんいき》はどこかギスギスしていたからだ。

翠もあえて理由を聞こうとは思わなかったし、ふたりも何も言ってこなかった。

心配していないわけではなかったけれど、きっと大丈夫《だいじょうぶ》だとどこか楽観していたのは、相手が春輝と優だったからだろう。


「ところで、PVは？　完成したんやろ？」

翠は、蒼太のとなりの椅子をひきながらたずねる。

するとノートパソコンを操作していた春輝が、にやりと笑って顔を上げた。

「見て驚《おどろ》くなよ？」

ずいぶん自信があるんやな。

ほかのひとが相手だったら、そう言っていたかもしれない。

だが春輝をはじめ、優、蒼太たち映画研究部の作品を知っている身からすれば、当然の反応に思えた。むしろ下手に謙遜《けんそん》されたほうが笑ってしまっただろう。


「再生するぞ」

そう言って春輝がマウスをかちりと鳴らした。

パソコンの画面が真っ暗になり、曲のタイトルが表示される。

少ししてジジッという音とともに画面が揺れ、イントロが流れだした。

映しだされたのは、見慣れた校舎だった。

疾走感《しっそう》のあるギターにあわせ、カメラがぐんぐんと階段を駆け上がっていく。

(う、わ……。すごいな、映画みたいや)

屋上へと続くドアが大写しになり、そして勢いよく開かれる。

向こう側には、いったい何が待っているのか。

ごくりと息をのんだ瞬間、映像がぶつりと途切《とぎ》れた。

「なっ⁉ 故障か？」

椅子から腰《こし》を浮《う》かせる翠に、春輝がにやりと笑って言う。

「じゃなくて、いまので終わり」

「は？ なら、完成したって言っとったのは……」

「実際完成してるけど、翠に見せられるのはここまでなんだ」

「そうそう。あとは当日のおたのしみってことで！」

優と蒼太も、やはりたのしそうに言葉を重ねた。

ＰＶ上映と言っておきながら、はなから途中までしか見せない気だったらしい。

ずいぶん、もったいぶったやり方だ。


「なんやそれ……」

翠がぶすっと頰《ほお》をふくらませると、春輝がますます笑《え》みを深める。

「びっくりして歌詞飛ばすなよ？」

「いやいやいや！　歌詞が飛ぶって、相当やぞ？」

「絶対びっくりするから、感謝しろよ」

「か、感謝ぁ？」

脈絡《みゃくらく》のない言葉が飛びだし、翠は目を白黒させる。

だが春輝をはじめ、優も蒼太もなぜか自信満々といった様子だ。


そんなにすごい映像なのだろうか。

たしかにイントロを見ただけでもワクワクしたけれど、それにしても三人の態度は意味深だ。

（もしかして、ドッキリでも仕掛《しか》けとるんか……？）

ブ、ブブー。
思考をさえぎるように、誰《だれ》かのスマホのバイブが鳴った。

「あ、僕だ」

蒼太はいそいそとズボンのポケットから取りだし、画面をタップする。

途端《とたん》に、ふにゃりと表情筋がゆるんだ。

「早坂か」

「早坂だな」

スマホの画面を見たわけでもないのに、春輝と優が断言する。

「なんでわかったん？」

「もちたの顔を見れば、一発だろ」

春輝がわけ知り顔で言いながら、スマホをガン見している蒼太を指さす。

（それって、つまり……そういうことなんか？）

優と夏樹だけではなく、蒼太とあかりまでつきあいはじめていたとは。

あっけにとられて蒼太を見やると、メールを読み終わったのか勢いよく顔を上げた。

「へへっ、あかりんからだったー」

「ほらな？」

「マジか！　水臭《みずくさ》いやっちゃなー、そうならそうと言ってくれればええやん」

翠は肘《ひじ》で蒼太の脇腹《わきばら》をつつきながら言う。

きっとここぞとばかりにノロけられるのだろうと思ったが、蒼太のリアクションは予想外のものだった。「そんな」「だって」と言いながら、ぶんぶんと手を横にふる。

「まだ一緒《いっしょ》にケーキを食べに行っただけだし！」

「ん？　っちゅーことは、もしかして……つきおうてないんか？」

「ないない！　そりゃ、いつかそうなれたらいいなって思ってるけど……」

顔を真っ赤にして蒼太が言う。

本人の言葉通り、あかりのことが好きなのは一目瞭然《いちもくりょうぜん》だった。


「翠、おまえさ……」

「んあ？」

ふいに名前を呼ばれ、春輝へと視線を向ける。

春輝はなんともいえない表情を浮かべ、じっとこちらを見ていた。


（なんや、前にもこんなことがあったような……）

記憶《きおく》をたどり、翠は心当たりにいきつく。

そうだ、春輝はGW明けにも似たような顔をしていなかっただろうか。あのときははぐらかされてしまい、結局何が言いたかったのかわからずじまいだった。

「なんやねん」

今回は、はっきりと声にだして問いかける。

春輝は少し驚《おどろ》いた顔をしてから、ふっと唇《くちびる》を歪《ゆが》めた。

「卒業式まであっという間だぞ」

「お、おう。せやな」

「目の前にチャンスが転がってきたら、ちゃんとつかめよ」

「は、はあ……？」

いったい何が言いたいのだろう。

混乱する翠をよそに、春輝は言うことは言ったとばかりに満足げな表情だ。

「それ、春輝が言う？」

苦笑まじりの蒼太に、春輝がめずらしくムスッとした顔になる。

「……別に、言うのはタダだろ」

「まあね。でも、だったら、春輝も言えばいいのに」

誰に？　何を？

首をかしげる翠とは対照的に、春輝にはしっかりと意味が伝わったらしい。眉間《みけん》にしわを寄せながら、わけ知り顔の蒼太から視線をそらしている。

「事情なんてひとそれぞれだし、そのなかで後悔《こうかい》しないようにすればいいだけだろ」

やれやれと言わんばかりに、優がため息をつく。

すると蒼太がきらりと目を輝《かがや》かせ、おおげさな調子で言った。

「おおっ！　彼女持ちは、言うことが違《ちが》うよね」

「もーちーたー？」

(なんやねん、さっぱり意味不明や！　さっきから、なんの話しとるんや？)

すっかり置いてきぼりの格好になった翠は、じとーっと三人を見やる。

優と蒼太は「ラーメン屋に行くのはデートと呼べるかどうか」などと言いあっているし、春輝はすっかり映画監督《かんとく》モードで、机の上に積まれた脚本《きゃくほん》の束を崩《くず》しにかかっている。

いまさら質問してみても、まともな答えは返ってこないだろう。

だが、わからないなりに、春輝の言葉がぐさりと胸に突《つ》き刺《さ》さったのも事実だった。

卒業式まであと半年もない。おまけに文化祭が終われば、息をつく暇《ひま》もなく期末テストがはじまり、冬休みが明けるころには受験が待ち構えている。

それはつまり――……。


(成海としゃべれる時間は、あとどれくらい残ってるんかな?)


言葉にした途端、胸がぎゅっとしめつけられた。

「不釣《ふつ》り合い」で「秘密」の恋《こい》でも、好きという気持ちに嘘《うそ》はつきたくなかった。

だから文化祭のライブ用につくった歌に、ありったけの想《おも》いをこめたのだ。

けれど、本当にそれだけでいいのだろうか。

卒業式で聖奈の背中を見送るとき、後悔しないと言えるだろうか。


(曲つくって、歌って、聴《き》いてもらって……それで満足なんかできへんやろ!)

曲を通じて、自分の気持ちが少しでも伝わったらいい。

心のどこかでそう思っていたけれど、そんなのはただの自己満足だ。

聖奈には、自分の気持ちを知っていてほしい。

同時に、聖奈の気持ちも聞きたい。

だとしたら、まずは自分から告白するしかないだろう。

(精一杯《せいいっぱい》、心こめて歌って、そんでライブが終わったら……)

決意してからは早かった。

翠は「ほな、またな！」と映画研究部の部室を後にし、廊下《ろうか》へと出る。

そしてズボンのポケットからスマホを取りだした。

『文化祭用の新曲、めっちゃええヤツできました。

心こめて歌うので、絶対聴きに来てほしいです』

何度も何度も読み返して、そっと送信ボタンを押した。

聖奈から返事があるのは、きっと夜遅《おそ》くなってからだろう。今日は雑誌の撮影《さつえい》があるからと、午前授業が終わると同時に下校している。

そう思ってホーム画面に戻《もど》ろうとした矢先だった。

既読《きどく》の文字が見えたかと思うと、メッセージを受信したスマホが揺《ゆ》れた。


『絶対行きます。

当日は濱中くんも楽しみにしててね！』


（ん？　楽しみにしててね？）

楽しみにしてるね、を打ち間違《まちが》えたのだろうか。

だが聖奈本人は気づいていないらしく、パンダが「またね」と手をふるスタンプが送られてきただけだった。

（成海もこういうとこあるんやな）

また新たな彼女の一面が見られて、くすぐったい気分になる。

聖奈のいろんな顔が見たかった。

何が好きなのか、どんなやつがタイプなのか。彼女のことならなんでも、もっと知りたい。

苦手なこともダメなところも、隠《かく》さず全部教えてほしい。

「待っとれよ、文化祭……！」

◆ ◆ ◆ ★ ☆ ★ ◆ ◆ ◆

文化祭当日は、見事な秋晴れだった。

翠はクラスの模擬《もぎ》店で焼きそばをつくりまくり、休憩《きゅうけい》時間には春輝たちとあちこちねり歩きながら、午後のライブまでのんびりと過ごした。

たのしい時間はあっというまで、リハーサルの時間がやってくる。

体育館は演劇部の舞台《ぶたい》がはじまっているため、最終調整はいつも通り、視聴覚室《しちょうかく》で行うことになっていた。

翠がドアを開けると、すでに三人は楽器を手にしていた。

「やる気満々か！」

「まあね。結局オリジナル含《ふく》めて三曲やることになったし、下手くそなの聞かせたら、相当はずかしいじゃん。絶対卒業しても笑われる！」

「鈴木、おまえなあ……。縁起《えんぎ》でもないこと言うなよっ」

「とまあ、さっきからずっとこんな感じだ」

ベースを抱《かか》えて青い顔をしている広道を横目に、ドラムの隈が苦笑《くしょう》まじりに言う。

（ライブ前は、いつもこんなんやなあ）

だが、それも今日で最後だ。

卒業後も集まるだろうけれど、そのときも楽器をにぎっているかはわからない。

もしかしたら、最後のステージだという可能性もある。

（……いや、いまはそんなんどうでもよくて）

翠は三人の前に立ち、すっと頭を下げた。

「俺のわがままにつきおうてくれて、感謝してる。おおきに」

「……翠、そういうのはいいよー」

わざとだろう、鈴木が茶化すように言う。

翠は顔を上げ「ええから、聞けって」と続けた。

「このメンバーでやってこられてよかった」


言ってから、じわりと視界が歪《ゆが》んだ。

翠は汗《あせ》をぬぐうふりをして、乱暴に目をこする。

ふだんならからかわれるだろう場面だったが、三人もそれどころではなかったらしい。

ノリのいい鈴木などは、何かをこらえるようにぐっと唇《くちびる》を噛《か》んでいた。


「お、俺も、そう思ってるから……！」

鈴木が口を開いたのを合図に、隈と広道も続く。

「三年間、ありがとな」

「すげえたのしかったよ、ほんと」

「あかん、あかんて。泣くのはライブ後までとっときやー」

「そういう翠こそ、涙目《なみだめ》になってんじゃん」

ははは と笑いだしたのは、誰《だれ》が最初だっただろう。

視聴覚室に四人の笑い声が響《ひび》く。

泣いても笑っても、これが高校最後のライブだ。

✦✦✦★☆★✦✦✦

演劇部の舞台は、今年も大盛況《だいせいきょう》だったらしい。

翠たちが体育館のステージ袖《そで》に到着《とうちゃく》しても、いまだざわめきが止《や》んでいなかった。

「この後にやるのって、ちょっと緊張《きんちょう》するなあ」

緞帳《どんちょう》の隙間《すきま》から客席をのぞきながら、鈴木が苦笑まじりに言う。

翠は「せやな」とうなずきつつ、気持ちを切り替《か》えようと両手で頬《ほお》を挟《はさ》むようにして叩《たた》く。

ここで自分たちまで空気にのまれてしまったら、どうしようもない。

「ステージは充分《じゅうぶん》温まったことやし、俺らのライブでさらに盛り上げようや」

そう言って、翠は鈴木たちに手をさしだした。
三人もすぐにこちらの意図に気づいたらしく、同じように手をのばしてくる。
「今日のライブも、思いっきりたのしもーや！　いくぞ……」
「「「おー！」」」
円陣《えんじん》を組み、四人で声をそろえると、不思議と体が軽くなった。
まだ緊張は残っているけれど、それと同じくらい期待が鼓動《こどう》を速くする。
翠はニッと口の端《はし》を持ち上げ、ステージへと歩きだした。
それぞれが楽器の前にスタンバイしたところで、文化祭実行委員に合図を送る。
直後、体育館内のブザーが鳴り、緞帳がゆっくりと上がりだした。
緞帳の隙間から客席の熱が直《じか》にすべりこんできて、バクバクと心臓が音を立てる。
（ああ、この感じ……めっちゃ好きやなあ）

客席の視線を感じる頃《ころ》、隈がドラムのスティックでカウントをとった。
1、2、3、4……。
最初の音は、翠のギターだ。
何十回と練習したように、勢いよくピックを下ろす。
同時にスクリーンには、PVが流れはじめた。
まさかこんなものまで用意しているとは思わなかったのだろう。
観客がどよめく声が聞こえてきた。
もうすぐ長いようで短いイントロが終わり、三人が演奏に加わる瞬間《しゅんかん》がやってくる。
と、そのときだった。
「あっ!」
客席で誰かが叫《さけ》んだ。

ほかのひとも驚《おどろ》いた顔で、スクリーンを指さしている。

いったい何が映っているのだろう。

翠は首だけうしろに回し、そのまま固まった。


（当日のおたのしみって、これやったんか！）

スクリーンに映っていたのは、聖奈だった。

後ろ姿だったけれど間違《まちが》いない。見間違えるはずがなかった。

だって、自分の好きなひとだ。

画面越《ご》しに微笑《ほほえ》みかけられて、息が止まりそうになる。


「翠！　歌詞、歌詞」

マイク越しではない生の声が、すぐ近くから聞こえてきた。

声のほうを見ると、鈴木が焦《あせ》った顔をしていた。

器用にも演奏しながら肩《かた》で背中を押され、翠はハッと我に返る。

（やられた、ホンマに歌詞が飛んだわ……）

気持ちのいい完敗だった。

翠はマイクに乗せずに笑ってから、遅《おく》れて歌いだした。

それは、いままでにない感覚だった。

自分でつくった曲だからなのか、わざわざ感情をこめようと意識しなくても、自然と気持ちがあふれてこぼれた。

ギターのコードを押さえる指先が。

震《ふる》えるのどが。

脈を打つ鼓動が。

体中が、聖奈を好きだと歌っている。

気がつくと、客席から手拍子《てびょうし》が起こっていた。

ステージまで熱気の波が押し寄せ、足元からぞくぞくと電流が駆《か》け抜《ぬ》けていく。

（一体感って、こういうのを言うんやな）

間奏に入るとすぐ、ギターソロがはじまる。

鈴木に続き、翠は一歩前に出た。

跳《は》ねるギターの音にあわせて、一本のスポットライトが客席に向けられる。

その光の先に、聖奈の姿が浮《う》かび上がった。

(聴《き》きに来てくれたんや……!)

うれしさと緊張と興奮と、とにかくいろんな感情が腹の底からぐわっとこみあげてきて、口から心臓が飛びだしそうになる。

そして次の瞬間、聖奈と目があった気がした。

が、ん、ば、れ。

彼女の唇《くちびる》がそう動いたように見えて、なぜかむしょうに泣きたくなった。

(俺、やっぱ成海のことが好きや)

間奏が明けると、歌のなかの「彼」はいよいよ「彼女」に想《おも》いを告げる。

「彼」は自分が「彼女」と不釣《ふつ》り合いだとわかっていても、あきらめられなかった。
だから一歩ずつ「彼女」の理想のひとに近づいていこうと決める。
そして、気持ちを伝えるのだ。
まっすぐに、ただ「彼女」だけを見つめて、ありったけの想いを乗せて。

「俺はきみが好きだ」

✦ ✦ ✦ ★☆★ ✦ ✦ ✦

ライブの余韻《よいん》が冷めやらぬうちに、聖奈はひとり、体育館を後にした。
あのままいたら、大声で泣いてしまいそうだったからだ。
空き教室にうずくまり、はあと息をつく。

(濱中くんの歌、すごかったな……)

アプリで送られてきた「心こめて歌うので」という言葉通りだった。
曲自体は、疾走《しっそう》感のある明るい雰囲気《ふんいき》だ。

けれど歌詞の隅々《すみずみ》に翠の気持ちがあふれていて、聴いている聖奈の胸をしめつけた。
そうして気がつくと涙《なみだ》がひと筋、頬《ほお》を伝っていた。

（……濱中くんも、恋《こい》してるのかな）
あの歌を聴いたとき、そんな予感がした。
そうでなければ、あんなにも心に響《ひび》かなかったはずだ。

（相手は誰《だれ》なんだろう？　その子がうらやましいな、なんて……）
そんなの、いまさらだ。
聖奈はふるえる唇を噛《か》みしめる。

春輝たちがつくるPVに出ると決めたのは、一歩前に踏《ふ》みだしたかったからだ。
「秘密の恋」だとしても、自分の気持ちに背を向けたくないからと。
それで満足だった。
好きだと伝えなくても、いいはずだった。
だけど、心はどこまでも正直で。

翠のメッセージに「当日は濱中くんも楽しみにしててね！」と返したのだって、あのPVから少しでも何か伝わってくれたらいいのにと思ったからだ。

翠がつくった曲には、恋に対するまっすぐな気持ちが詰《つ》まっていた。
きれいごとばかりじゃない。不安や嫉妬《しっと》ものみこみ、飾《かざ》らない言葉で歌っていた。
誰かを好きになることは、自分とのたたかいでもある。
相手への想いがホンモノであるほど、不安も大きくなっていくからだ。

曲を聴きながら、聖奈はいつのまにか自分の想いを重ねていることに気がついた。
そして、歌のなかの「彼」に背中を押されていた。
「彼」が「彼女」に告白したように、翠に好きだと伝えよう。
たとえ結果がどうであっても、と。

（……そうだよ、ちゃんと気持ちを伝えなきゃ）

決意とともに聖奈が顔を上げるのと、スマホが振動《しんどう》したのはほとんど同時だった。

新着通知の欄《らん》に翠の名前を見つけ、心臓が大きく跳ねる。
（濱中くんからメッセージがきてる……。どうしたんだろう？）
文化祭もあと数分で終わるというタイミング、残るは後夜祭だけだ。
聖奈は緊張《きんちょう》で震える指で画面をタップする。

『後夜祭がはじまったら、体育館まで来てくれへん？』

メッセージを読む間、無意識に息を止めていたらしい。
読み終わるやいなや、どっと鼓動《こどう》が鳴った。
（もしかして、これって……チャンスかも！）
後夜祭中、体育館はひとけがなくなる。
文化祭実行委員を中心に、校庭でイベントが行われるからだ。

聖奈はすくっと立ち上がり、クマパンの「ＯＫ」というスタンプを返した。
大丈夫《だいじょうぶ》。翠にあいさつできなかった自分は、もういない。
雨の日に傘《かさ》を貸したときのように、心のままに体を動かせばいいだけだ。

（もう一度、勇気をださなきゃ。でしょ？）
聖奈はそう自分に言い聞かせ、教室のドアを開いた。

✦・✦・✦★☆★✦・✦・✦

案の定、体育館の前はしんと静まり返っていた。
校庭では、後夜祭までのカウントダウンがはじまっている。
（5、4、3……）
聞こえてくるにぎやかな声にあわせ、聖奈も心のなかでカウントする。
自分の脈のほうがずっと速くて、感覚がおかしくなりそうだ。
そのうち、緊張のあまり呼吸の仕方を忘れてしまうかもしれない。
（2、1）
ふっと周りの音が遠くなっていく。
（0）
いま頭のなかに浮かぶのは、翠の笑顔《えがお》だけだ。

数え終わる瞬間《しゅんかん》、聖奈は冷たく重いドアを勢いよくひっぱった。

閉じこめられていた熱気が、ぶわりと頬をなでていく。

翠は、ステージの前に立っていた。


「濱中くん、お待たせ……！」


駆《か》け寄る聖奈に、翠がこくりとうなずく。

だが声は返ってこず、リアクションもそれだけだった。

心なしか緊張しているようにも見える。

（話しにくいことなのかな……？）

なぜ呼ばれたのかわからない聖奈は戸惑《とまど》いつつも、固まったままの翠に笑いかける。

「ライブ、お疲《つか》れさま！　すごく盛り上がったね」

「……ん」

今度は、かすかに声が聞こえた。
だがたった一音だけで、鍵《かぎ》をかけたように翠の口は動かない。
(もしかして、さっきのライブで声がかれちゃったのかな?)
そう思った直後、どこからか「す、すす……」とつぶやく声が聞こえてきた。
いや、どこかではなく、目の前の翠からだ。

「す、す、すっきゃ……いや、その……」

すき焼き?
こてんと首をかしげる聖奈に、翠が顔を真っ赤にしてうつむいた。
(あ。その顔、かわいい……)

もっと近くで見てみたい。
そう思ったときには、一歩、また一歩と翠との距離《きょり》をつめていた。
そのたびに心臓がドキドキして痛いくらいだったけれど、足は止まらない。

翠のいろんな顔が見たかった。
もっと会いたいし、手なんかつないだりしたい。
好きなお菓子《かし》も好きな色も知りたい。
苦手なこともダメなとこも、隠《かく》さず全部教えてほしい。

(私、濱中くんの特別なひとになりたい)

だから、最初の一歩を踏《ふ》みださなくちゃ。
翠をまっすぐに見上げて、そして秘密を打ち明けるのだ。

「ひとりじめ、いいですか?」

次の瞬間、翠が弾《はじ》かれたように顔を上げた。
その頬《ほお》は、さっき見たときよりもさらに真っ赤に染まっている。
でもそれはお互《たが》いさまだった。
たぶん自分の頬も真っ赤になっているはずだ。

「濱中くん」

答えがほしくて、聖奈は視線をそらさずにじっと見つめた。

翠はもう、視線をそらさなかった。

二度、三度と深呼吸をして、ゆっくりと口を開く。

「や、やや……」

「や？」

「やった！　両想《りょうおも》いや！」

「えっ」

ぽかんとする聖奈をよそに、翠がガッツポーズする。

それはつまり、告白は受け入れてもらえたということなのだろうか。

たぶん、きっと、そうだ。

でも、ちゃんと彼の言葉で聞きたくて。

聖奈は少しだけ唇《くちびる》を尖《とが》らせながら、「濱中くん」と呼びかける。

「返事、聞かせてほしいな」

「！」

翠は目を見開き、一瞬《いっしゅん》にして顔を赤くした。

そうかと思うと、視線を泳がせながら「えっ」「やっ」と口をもごもごさせている。

聖奈はそんな翠に笑いかけ、じっと見つめて答えを待った。

「お、俺はその……」

「うん」

「……俺なんかでええんやったら、よろこんで」

「濱中くんじゃなきゃ、イヤだよ」

そう言って聖奈は、目の前の赤く染まった頬をつねった。

最初は驚《おどろ》いていた翠も、照れ隠しなのが伝わったのか、くすぐったそうに笑いだした。

(なんだろう、頭がふわふわする……)
しあわせすぎて、鼻の奥がつんとしてきた。

「……あのな、成海」

ためらいがちに翠が口を開いた。
いま声をだしたら泣いてしまいそうで、聖奈は視線でその先の言葉をうながす。
すると翠の頰をつねっていた手が、やさしくなでられた。

「俺も成海じゃなきゃ、イヤや」

ぎゅっと、手をにぎりしめられる。
翠の手は自分に負けないくらい、熱かった。

「好きだ」

一拍遅《いっぱくおく》れて言葉の意味を理解した瞬間、ぽろりと涙《なみだ》がこぼれた。

それを見た翠が慌《あわ》てて「だ、大丈夫《だいじょうぶ》か!?」と声をかけてくれるけれど、胸がいっぱいで、とても言葉がでてこない。

(好きって、こんなに破壊《はかい》力があったんだ……)

いまにも心臓が爆発《ばくはつ》しそうだ。

リアルな感覚に、これは夢じゃないのだと教えられる。

このしあわせな痛みを翠にも伝えたくて、聖奈はじっと見つめ返した。


「……私も……」

「うん?」

「私も、濱中くんが好きです」

聖奈の言葉に、翠がみるみる目を丸くする。

そしてどちらからともなく、とびっきりの笑顔《えがお》を弾けさせた。

「よろしくね」
「よろしくな」

epilogue ～エピローグ～

ずっと不釣《ふつ》り合いな恋《こい》だと思っていた。
けれど一歩踏《ふ》みだした先に、自分と同じように手をのばしてくれている聖奈がいた。
そうして互《たが》いの手をとり、彼氏彼女になれたのだ。

だが聖奈が芸能界にいる以上、秘密の恋であることは変わらなかった。
翠は、聖奈にひとりじめされている。
一方で「読モの成海聖奈」は、翠だけのものではない。
この恋は、ふたりだけの秘密なのだ。

八時七分、二番ホームの二車両目。

いつもの時間、いつもの場所で、聖奈が電車に乗ってくる。

翠はそっとふり返り、自然と唇を動かした。


「おはよう」


たったひとことだけ告げて、聖奈に背を向ける。

それがクラスメイトの距離《きょり》だからだ。


高校の最寄《もよ》り駅に着くと、なぜか中学生たちが集まっていた。

聖奈を見るなり、わっと駆《か》け寄ってくる。

どうやら待ち伏《ぶ》せしていたらしい。色紙や聖奈が読モを務める雑誌などを手に、女子も男子も「サインお願いします！」などと迫《せま》っている。

（成海も困っとるみたいやし、助けたほうがええんかな……？）

さりげなく視線を送ると、聖奈と視線がぶつかった。

聖奈は一瞬だけ、にこっと笑った。

言葉はないけれど、それで充分《じゅうぶん》だ。

翠は何も言わず、聖奈たちのとなりを素通《すどお》りすることにした。

(相変わらず、人気者やなー)

ああやって聖奈が迫られているのを見て、翠も思うところがないわけではない。

だが「読モの成海聖奈」は、みんなのものだ。

そして成海聖奈の恋人《こいびと》は、自分ひとり。

その事実が、いつだって翠を動かす原動力になっている。

(なんにせよ、焦《あせ》らず自分たちのペースでいけばええねん。そや、夜にでも電話するかー。次の休みに遊園地リベンジしませんかって、な!)


つらいときもあるかもしれないけど、ふたりなら大丈夫。

だって、きみと一緒《いっしょ》なんだから。

これからはふたり、楽しい秘密を増やしていこう。

Member Comments

HoneyWorks メンバーコメント!

Gom

shito

金曜日のおはよう

小説化ありがとうございます!!

読んでくれた君の毎朝が少しでも
輝きますように。

HoneyWorks しと。

ヤマコ

『金曜日のおはよう』
小説化ありがとうございます!!

翠と聖奈の新たな一面が見れ、2人の頑張りに
勇気をもらえるお話です! ジメジメした日は苦手
だけど、一つのキッカケとなる
「雨の日」も好きに
なれたらいいな。

ヤマコ

金曜日のおはよう小説化おめでとうございます!!
僕は学生時代次の日がお休みとなる金曜日が
大好きでした!!
皆さんにもこういった素敵な出会いがあると良いですね♪
字が下手でごめんなさい.
これからもハニワを宜しくお願いします!

cake!!

cake

ziro

⋮
金曜日のおはよう
↓
?
↓
日曜日の秘密
⋮

Ziroです!

金曜日のおはよう
小説化&発売
おめでとう
ございます!

聖奈ー!!!
俺だー!幸せになって
くれー!!!

祝！金曜日のおはよう、
小説化！
曲で深く語られていない、2人の
キュンキュンなストーリーがたくさんつまっていて
翠くんと聖奈ちゃんがもっともっと
好きになる一冊でした…!!
ろこる

金曜日のおはよう!!
祝小説化!! 一番好きなカップルのお話、
楽しみにしてました!! 隠れて付き合うって
なんだか良いですね
青春だな～
モゲラッタ

サポートメンバーズ！
Support Members

おはようの
オーディションは
すごく大事！
Oji

おはようから始まる
恋ってとても素敵。
AtsuyuKi

Who's next?

「告白予行練習　金曜日のおはよう」の感想をお寄せください。
おたよりのあて先
〒102-8078　東京都千代田区富士見1-8-19
株式会社KADOKAWA　角川ビーンズ文庫編集部気付
「HoneyWorks」・「藤谷燈子」先生・「ヤマコ」先生
また、編集部へのご意見ご希望は、同じ住所で「ビーンズ文庫編集部」
までお寄せください。

告白《こくはく》予《よ》行練習《こうれんしゅう》

金曜《きんよう》日《び》のおはよう

原案／HoneyWorks　著／藤谷《ふじたに》燈《とう》子《こ》

角川ビーンズ文庫　BB501-7　20000

平成28年10月1日　初版発行

発行者———三坂泰二
発　行———株式会社KADOKAWA
〒102-8177　東京都千代田区富士見2-13-3
電話 0570-002-301（カスタマーサポート・ナビダイヤル）
受付時間 9:00～17:00（土日 祝日 年末年始を除く）
http://www.kadokawa.co.jp/
印刷所———旭印刷　製本所———BBC
装幀者———micro fish

ISBN978-4-04-102513-0C0193 定価はカバーに明記してあります。

角川ビーンズ文庫
スキキライ
超人気!!
キュンキュンボカロ曲制作チーム♪
HoneyWorks楽曲が
物語となって登場!!
原案/HoneyWorks
著/藤谷燈子
イラスト/ヤマコ
大好評発売中!!
illustration by Yamako
© Crypton Future Media, INC. www.piapro.net piapro

春日坂高校
漫画研究部
あずまの章
イラスト/ヤマコ
新感覚！胸キュン
ドタバタ
青春ラブコメ!!
〈発売中！〉①第1号 弱小文化部に幸あれ！ ②第2号 夏は短しハジケヨ乙女！
③第3号 井の中のオタク、恋を知らず！

●角川ビーンズ文庫●

原案／40mP
著／西本紘奈
イラスト／たま
僕は有罪《ギルティ》？
恋愛裁判《れんあいさいばん》
超人気！40mP×たまが贈る、
胸キュン・ボカロ恋ウタを
完全小説化!!
クリプトン・フューチャー・メディア公認
歌案坂高校１年の美空は、裁判官にあこがれる優等生。なぜか学校の人気者、バンドマンの柊二と“仮”交際することに。だが、柊二の「浮気」現場を見た美空は…!?
絶賛発売中！
ill. by たま © Crypton Future Media, INC. www.piapro.net piapro

●角川ビーンズ文庫●

厨《ちゅう》病《びょう》激《げき》発《はつ》ボーイ
chubyou gekihatsu-boy
原案★れるりり
(Kitty creators)
著★藤並《となみ》みなと
イラスト★穂嶋《ほしま》
(Kitty creators)
野田
★ボカロ神曲
『脳漿炸裂ガール』のれるりりが贈る、
超異色青春コメディ!! ★
「俺は目覚めてしまった!」厨二病をこじらせまくった男子高校生4人組——ヒーローに憧れる野田、超オタクで残念イケメンの高嶋、天使と悪魔のハーフ(?)中村、黒幕気取りの九十九。彼らが繰り広げる、妄想と暴走の厨二病コメディ!
好評既刊 厨病激発ボーイ ①〜③ 以下続刊

●角川ビーンズ文庫●

第16回
角川ビーンズ小説大賞
原稿募集中!
Web投稿
受付
はじめました!
ここが「作家」の第一歩!
賞金 大賞100万円
優秀賞30万
奨励賞20万 読者賞10万
締切 郵送▶2017年3月31日(当日消印有効)
WEB▶2017年3月31日(23:59まで)
発表 2017年9月発表(予定)
審査員 ビーンズ文庫編集部
応募の詳細はビーンズ文庫公式HPで随時お知らせします。
http://www.kadokawa.co.jp/beans/
イラスト/宮城とおこ